Divisadero
Michael Ondaatje

遥 望

〔加〕迈克尔·翁达杰 著
张 芸 译

人民文学出版社
PEOPLE'S LITERATURE PUBLISHING HOUSE

著作权合同登记号　图字 01-2024-2072

Michael Ondaatje
Divisadero
Copyright © 2007 by Michael Ondaatje
Published by agreement with Trident Media Group, LLC, through The Grayhawk Agency Ltd. Simplified Chinese edition copyright © Shanghai 99 Readers' Co., Ltd.
All rights reserved

图书在版编目(CIP)数据

遥望 / (加)迈克尔·翁达杰著；张芸译. -- 北京：人民文学出版社，2025. -- (翁达杰作品系列).
ISBN 978-7-02-019096-6

Ⅰ. I711.45
中国国家版本馆 CIP 数据核字第 2025CM1409 号

责任编辑	卜艳冰　潘爱娟
装帧设计	朱晓吟
出版发行	人民文学出版社
社　　址	北京市朝内大街 166 号
邮　　编	100705
印　　刷	山东新华印务有限公司
经　　销	全国新华书店等
字　　数	172 千字
开　　本	787 毫米×1092 毫米　1/32
印　　张	8.25
版　　次	2010 年 9 月北京第 1 版
印　　次	2025 年 2 月第 1 次印刷
书　　号	978-7-02-019096-6
定　　价	59.00 元

如有印装质量问题,请与本社图书销售中心调换。电话:010-65233595

献给约翰和比弗利

并纪念亲爱的克莱温·考瑞雅

——我们心目中的"艾吉利"

有时，我躺在你的臂弯，你问我，希望自己身处哪个历史时刻。我会说，巴黎，科莱特去世的那个星期……巴黎，一九五四年八月三日。几天后，在为她举行的国葬上，一千枝百合将摆在她墓前，我愿置身其中，走过那条林荫道，两边是湿漉漉的柠檬树，然后驻足在巴黎皇宫她住的二楼公寓楼下。如科莱特这样的故人，他们的故事充盈我心。她是一位作家，曾评价自己唯一的优点是自我怀疑。(有人说，在她过世前一两天，让·热内去拜访过她，但什么也没偷。看，这就是伟大小偷的风度……)

尼采说："我们拥有艺术，所以不会被真相击垮。"[1] 一个事件的原貌，永无终结。库珀的故事和我妹妹的人生版图，永远令我魂萦梦牵。午夜过后，每当电话铃声响起，我提起话筒，幻想他们可能突然出现。我期待听到库珀的声音，或是克莱尔自报姓名前的深呼吸。

因为我已把自己和过去的那个"我"剥离开来，不再是那个和他们在一起的我。那时，我的名字叫安娜。

---

[1] 作者注：我从 J.M. 库切接受耶路撒冷奖的致辞里得到尼采这句话，其德语原文是："Wir haben die Kunst, damit wir nicht an der Wahrheit zugrunde gehen." 我的翻译与库切稍有不同。

目 录

第一部 安娜、克莱尔和库珀 　　001

第二部 马车上的一家人 　　161

第三部 德缪的家 　　179

译后记 　　254

第一部

安娜、克莱尔和库珀

孤儿

高高的山脊上,克莱尔裹着一床厚毯,坐在马上。身旁是祖父的木屋,对面满山坡的七叶树。昨晚她在这儿露营,小木屋中间生了一堆火。几代人以前,我们的祖先第一次踏上这片国土,修建了这间栖身之所。他是个自给自足的单身汉,深居简出,像某种动物一样在这里生活。后来,从这儿到山下的全部土地,都归他所有。四十岁时,他草草结了婚,生了个儿子。他把彭塔卢玛路的这座农场留给了他。

　　克莱尔骑马在山脊上缓缓前行,两边山谷的上空,晨雾迷漫。左边是绵延的海岸线,右边的路通往萨克拉门托城和位于萨克拉门托三角洲的一个个小镇,比如里奥维斯塔,那里住着淘金潮留下来的人。

　　她驱马下山,穿过一片白雾,两旁是茂密的树林。二十分钟前,她已闻到烟味,此时,在格林艾林镇郊外,她看见镇上的酒吧着了火——是早些时当地纵火犯干的,他们知道里面没人。她从远处观望,没有下马。这匹唤作"自卫队队员"的坐骑,很少让人有重新上马的机会;一天只能骗它一次。尽管这匹马是我妹妹克莱尔最亲密的伙伴,但骑手和坐骑间仍缺少完全的信任。她会用各种书里没有的招术,阻止马后腿直立或弓背腾跃,并带上装满水的塑料袋,骑马时身体前倾,把水袋砸碎在马脖子上,令马以为是自己在流血,这样它便会安静一小会儿。克莱尔一骑上马便忘却自己的瘸腿,仿佛变身成希腊神话里的半人半马怪,整个宇宙都在她掌控中。有一天,她也许会遇到一位人马座的射手,嫁给他。

火烧了一个小时才渐渐熄灭。格林艾林酒吧一直是个斗殴滋事的场所。即便现在,她也能看见有人在街上拉开阵势打架,大概是为了给这个地标增辉。她调转马头,走向一棵滑溜溜的红玛都那树,摘食上面的浆果,然后下山。到了小镇,路过起火的酒吧,里面最后几根梁柱轰然倒塌,发出雷鸣般巨响。她引马离响声而去。

回家途中,她路经葡萄园,园里放着样式陈旧的热风机,用来保持空气流动,使葡萄免受霜冻。十年前,她小时候,人们整夜燃点烧烟筒,不让空气变冷。

清晨,我们走进漆黑的厨房,默默给自己切一大块奶酪。父亲喝杯葡萄酒。等我们到畜栏,库珀已在那里耙草。我们赶紧动手挤奶,把头靠在奶牛身上。父亲、两个十一岁的女儿,以及比我们稍长几岁的雇工库珀。大家一语不发,只听见水桶和栏门打开的声音。

那时,库珀木讷少语,只会小声对自己嘀咕,仿佛不知该说什么。其实,他是在描述自己看到的——畜栏里的光线,从何处翻过围栏,捉哪只鸡藏在腋下。只要和他在一起,克莱尔和我都会竖起耳朵听他的低语。那时,库珀真诚坦率。我们发现,他的寡言不是出于孤僻,而是一种对语言没把握的表现。他身强力壮,能保护我们。但在言语方面,还得向我们请教。

父亲独自养育我们,又杂务缠身,所以我们两姐妹很早学会独立。他乐意看我们忙里忙外,一旦找不到我们,很容易发脾气。自母亲过世以来,我们唯有向库珀诉苦,而他也善解人意地愿做我们的听众。父亲看准了库珀的性格,只教他干各种农活,不让他学别的。可库珀读的却是些关于在加州东北部淘金的书,有人在一处左拐的河湾孤注一掷,结果挖到了金矿。对生活在二十世纪下半叶的库珀而言,他显然晚生了一百年。可他知道,仍有金子从河里、灌木丛底或松林里冒出来。

在农场储物室的架子上层,我找到一本白色书脊的小册子,名叫《加州人访谈:从早期至今的女性居民》。由于绝大多数妇女不会写字,柏克莱的档案员携带录音机,走访各地,记录过去的生活和周边环境。书里收录的谈话从现在追溯到十九世纪初,从"多娜·尤拉利亚的口述"[1]到"丽迪亚·蒙德斯的口述"。这位丽迪亚·蒙德斯便是我们的母亲。她在克莱尔和我出生的那个星期就去世了,我们只能从书里认识她。我们三人中,只有自小在农场干活的库珀见过母亲生前的样子。对克莱尔和我来说,她仅存在于传说中,像个幽灵,父亲极少提起她。书里留下几段她的谈话和一张褪色的黑白照片。

书里采访的所有人都把自己看得很渺小,觉得历史与她们无关,自己只是旁观者。"我们在洛杉矶东北的中部大平原长大,父亲是矿工。我十八岁结婚。婚礼当晚,我们伴着沃奎阿和格鲁约的音乐,不停地跳啊跳。我丈夫说,拉小提琴的和弹吉他的是当地最棒的乐手。草地上,大岩石旁支起一张桌子,上面摆着吃的。结婚那天,他们告诉我,三十年前,我公公在旧金山上岸,又乘船来到彭塔卢玛,在这里造起房子。我刚

---

[1] 多娜·尤拉利亚,美国加州历史上著名的百岁老人,卒于1878年。洛杉矶法院的死亡证明记录她活到了140岁,但她的大部分后人保守地认为,她活了112岁。——译者注(本书脚注如无特别说明,均为译者注)

来时，这儿有一千只下蛋的母鸡。狐狸总来偷鸡，照料起来非常费劲，而我丈夫又不想雇人，所以只留了奶牛和玉米地自己打理。山里还有别的野兽，像短尾猫、土狼，红木林里有响尾蛇，我还见过一次山狮。但最难对付的是野蓟。我们千辛万苦把它们砍光，可邻居不砍，种子会吹到我们地里。

"彭塔卢玛路南头，有个人养了一百头羊，他可是位绅士。有时他带羊来我们地里露营，其中有头小羊很特别，不但吃蓟，连带把种子也消化了，大概是咀嚼时正好把种子咬碎了。奶牛做不到，它们即使吃了蓟，种子还是穿肠过。如果你讨厌蓟，肯定会喜欢那个人……我们隔壁那家农场发生过一件可怕的凶案，一个雇工用木板把库珀夫妇活活打死了。起初没人知道是谁干的，可他家四岁的儿子躲在地下室，逃过一劫，几天后爬出来，告诉大家凶手是谁。我们收留了这男孩，让他在农场干活。"

这是我们了解的有关母亲的一切。此外的她，遥不可及。她讲了很多自己撞见的事，因此我们知道的，只是她对牧羊人的好感，跳舞时短暂的快乐，以及邻居家的凶案和收养库珀的来龙去脉。她只字未提自己的兴趣、才能或感情，而这些一定曾是父亲生命中的指路明灯。二十三岁时，她难产去世。书里涉及她的部分只有两页而已。

小白书里没有讲到父亲的奇怪之举。在母亲去世的混乱中，他没通过正式手续，领养了在同家医院出生的另一个女婴，其母也死于难产。父亲把两个婴儿抱回家，给那个女婴取名克莱尔，视同己出。安娜和克莱尔，同一星期出生的两个女孩，人们以为两个都是他的女儿。丽迪亚·蒙德斯的去世，是导致父亲这么做的缘由,之所以能够办到,可能是因为克莱尔的亡母没有亲戚,或是单身。母亲在圣塔罗莎郊区那家野战医院分娩时去世,不客气地说,医院亏欠了他,欠他一个妻子。

有时,父亲会和别的慈父一样,抱抱我们,但这只发生在他累得昏昏欲睡、恍惚不能自已的时候。我凑到他坐的旧沙发上,像只温顺的小狗,躺在他臂弯里,模仿他无精打采的模样——可能因为太阳晒得太多,或一天的工作太辛苦。

有时,克莱尔也会加入其中,不想被冷落,或因为有暴风雨。可我情愿转过头,把脸贴着父亲的格子衬衫装睡。怀着犯罪般而又得意的心情,呼吸大人身上的气息,无论如何,这是一项特权。别妄想在白天做出这种举动,他一定会把我们推开。他是个老派的父亲,从小被灌输了一些男人的规矩,又没有妻子在身边帮他修正或放弃那些信念。因此,唯有趁他迷迷糊糊、瘫坐在格子沙发里时,他才会无所顾忌地一手搂着一个女儿。我会凝望他眼皮下的跳动,颤抖中写满疲惫。他仿佛漂在河中,被人用绳子牵入梦乡。然后,我也跟着入睡,沉入最贴近他的状态。我以为,一个容许你和他这样亲近的父亲,应该永远都会保护你。

一个多世纪前,一八四九年八月,一群人到彭塔卢玛以北一百多英里的山谷里扎营。他们建起木屋,把那个地方叫作獾山,开始寻找金矿。二十个人站在冰冷、齐膝深的河水里淘金。冬天的暴风雪差点吓跑他们,但不到六个月,他们真在那里挖出了镶有缕缕金丝的矿石,那片地方最后被命名为"草山谷"。上百座简易旅馆如雨后春笋般涌现，新版地图上，一座座名字稀奇古怪的金矿星罗棋布——卑贱之人、狂热之舞、虚惊之雷、地狱之欢、葬身之地、寂寞杰克、富饶地狱、世界之巅、银叉子、摇摇马、苏丹王妃。淘金的人困在山里，没有食物，只有靠打猎为生，用猎枪或手枪捕杀松鸡、野牛和熊。肉铺应运而生。汽船深入内陆，行驶到能通航的最远地方——羽毛河。形形色色的文化随之兴起。赌徒、卖水为生的人、枪法精准的神枪手、妓女、日记作家、酒商、诗人、狗英雄、邮寄新娘，女人爱上交好运的小伙，老人回沿海途中把金子吞进肚里，有人乘热气球旅行，有人信奉神秘主义，罗拉·蒙黛丝[1]，歌剧演员——出色或拙劣的都有，那是些四处留情的放荡男女。爆破手炸开陡峭的山壁，脚下露出一片平地。艾奥瓦山镇有十七英里的地下隧道。大火烧毁了索诺拉，烧毁了威瓦维尔，烧毁了沙斯塔和哥伦比亚。这些城镇后来得以重建。建了又被烧毁，烧了又重建。洪水淹没了萨克拉门托。

一百年后，仍有五千名矿工在尤巴河和俄罗斯河两岸淘金，这令库珀怦然心动。他们在加州和内华达交界的山区里寻觅旧时城镇的遗址。那些镇以情人、狗或小说人物的名字命名，凝聚了对新生活的热切渴望和期盼。至高无上！郡县地图上的每个小圆点里，都发生过值得一提的事。在这片河堤，两兄弟为争论朝哪个方向走而自相残杀。在那块空地，有人拿女人交换土地。每个河湾转角都能写出一部巴尔扎克式小说。

---

[1] 罗拉·蒙黛丝（1821—1861），西班牙舞女，生于爱尔兰，美貌倾城，狂放热情，曾与钢琴家李斯特恋爱，后来成为路德维希一世的情妇。

如今，勘矿者驾驶清风房车进山，用燃油挖泥机把沉在河底的淤泥抽上来。一个世纪的风雨和洪水把金子从史前的河床冲刷到水里。矿工们身穿潜水服，手持巨型探照灯，在昏暗的水下把河道"切"成一段一段搜寻。

有关淘金的一切，与库珀在我们农场的生活存在天壤之别。他一定仍觉得自己无依无靠。我们从未提起他父母被杀的惨剧。他承袭了农场的生活习惯与工作。如今，他能闭着眼骑马到祖父建在山上的小木屋，凭微风拂动树梢的声音，准确判断身处何地、面向何方，对周围环境了如指掌。我们清理地上的大小碎石，把厨房木桌擦得光洁如镜，锁上围栏大门，打开门，锁上，再打开。对库珀来说，淘金是梦幻和冒险，不按规则出牌，荒诞不经中有谋杀、偷情或张冠李戴的把戏。他搭两个小时便车，到西北的科尔法克斯-艾奥瓦山路，看人们拿刮刀在俄罗斯河的北支流工作。十七岁时，为了微薄的报酬，同时怀着撞大运的心情，库珀鲁莽地跑去做了一星期的巨蟒吸管工，结果扭伤了背。回来后，他在我们姐妹——两个好奇的听众面前绝口不提自己去了什么地方。其实不管他去了哪里，我们看得出，他参与了一项危险的活动，他变了。

他双手紧抱巨蟒软管，从挖泥机移动的平台纵身跳入水里，潜到河底。一秒钟后，马达启动，身体被震得荡来荡去。他努力把活动的胶管插到鹅卵石下，抽取可能嵌在里面的金子。有时，吸管从石头间滑脱，翻上水面，扬到半空中，仍跨在吸管上的库珀，面朝天，狠狠摔在河里。用玻璃、皮革和铁制成的潜水头盔，胡乱挂在脖子上。他再次潜入水中，头盔内细细的吸气管通进嘴里。他认识到自己的稚嫩笨拙，还有这份活儿的危险。

在农舍狭小幽暗的厨房里,库珀试图告诉我们一切,可这中间的荒唐与风险,令他难以启齿。因此,我们无从得知究竟发生了什么,只记得我们坐在那儿,反复诵唱:"库珀失踪了一周,库珀失踪了一周。他去了哪里?和谁在一起?哪个姑娘令他如此憔悴?"

绵延起伏的山丘,在冬日丰沛的雨水下绿郁葱茏,经受夏秋烈日的炙烤,焦黄枯萎。出了尼卡西奥,继续往北,翻过山头立刻右转,有条泥泞的小路通往山下农场,四百米远处,是谷仓和牲口棚。路面上钉着几块拖拉机轮胎做的橡胶减速带。长大后,每回深夜,我和克莱尔从格林艾林镇玩乐归来,困得睁不开眼,膀胱胀鼓鼓的,都会咒骂这减速带。漆黑的山脚下,有群精神十足的骡子徘徊车前,友好得不肯离去。我们只好停车。轮到我了,我说。穿着新棉裙和尖头皮鞋,我下车把它们赶开,使我们能够继续往前。

我们姐妹既是彼此的影子,又互相较量,都视库珀为偶像。到他十七八岁时,我们发现他另一面的生活,流连于城里的台球房和舞厅,不过仍准时回来送克莱尔去尼卡西奥上钢琴课。在车里,克莱尔注视着他瘦削、棕色的手,观察他怎样操作离合器,怎样一个接一个地拐弯,动作行云流水,然后又轻松地一把将方向盘打正。她迷恋库珀对周围一切表现出的从容自若。一年后,有次去尼卡西奥接克莱尔,库珀突然移到副驾驶座,把钥匙丢给克莱尔,自己从车前的贮物箱里拿出一本小说读起来。慌张失措的克莱尔一边尖叫,一边驾驶这辆庞然大物，驶过盘山公路，下山回到农场。一路上，库珀既没抬头看她一眼，也没说一个字，大概只在差点撞上一头骡子时，朝侧视镜里瞥了一下。从那时起，克莱尔便独自驾车去上钢琴课，不再有库珀作伴。留在农场的他，抖擞地肩扛一捆干草，一手点支烟，朝畜栏走去。

有时，在漆黑的夜晚，我和克莱尔开车下山，故意关掉车灯。有时，我们从卧室窗户爬上屋顶，躺在夜幕下聊天、唱歌，从石头里散发出的余温渗入后背。数不清的流星划过天际，我们默数每场流星雨间相隔的分秒。若逢雷声大作，震动农舍和马厩，在闪电的一刹那，我会见到克莱尔猛然从床上坐起，像一条受惊的猎犬，屏息抱紧自己。克莱尔热爱骑马，而我沉迷读书。尽管如此，我们仍有许多共同爱好。尼卡西奥的酒吧、特鲁伊舞厅、索诺玛的圣巴斯狄亚尼电影院，那儿的屏幕像彭塔卢玛水库的湖面，画面随光线的变化而变化。暴风雨来临前，百来只红翼鸫停在电话线杆上，聒噪得叫个不停。二月里，有一种紫色的小花叫流星。还有那柳枝，库珀曾经砍下来绑在我受伤的手腕上的，然后驾车送我去医院。那时我十四岁，他十八岁。吕西安·弗洛伊德说："一切都是传记。"[1] 我们的作品，创作的动机，画狗的笔法，吸引我们的人，不能忘怀的原因。每一样都是一块拼图，基因也是。我们身体里隐藏着其他自我，其中有一些是我们熟悉的。我们带着他们，走过生命的每个转角。

---

1 吕西安·弗洛伊德（1922—2011），著名心理学家西格蒙德·弗洛伊德的孙子，1922年12月出生在奥地利，1933年随父母移民英国，后成为著名画家。

哪一个才是真正的库珀？我们对他的父母一无所知，虽然父亲收养了他，给了他新生活，但无从知晓他对我们一家人的看法。他在一场凶杀案中侥幸逃生。少年的他，缺乏自信，不做任何非分之想。破晓时分，他像野猫似的钻出小屋，张开双臂伸懒腰，装出一副连睡了好几天的样子，实际上，三四个小时前，他才从四十英里外旧金山的台球房搭便车回来。那个时候，我十分好奇，他会如何在将来的世界生存或立足。我们望着他一边喃喃自语，思考问题，一边拆卸拖拉机，或把从废车上拆下来的散热器焊接到一辆一九五八年的别克车上。每一段回忆，都是一块拼图。

家里有本相册，里面都是父亲给我和克莱尔拍的照片，记录我们成长的脚印。从第一次漫不经心的姿势，到或凌厉或自负的眼神，折射出我们更真实的一面。每年的照片都摄于圣诞到新年期间。十二月的某个午后，我们被带到一块草坪上照相，旁边有块露出地面的岩石（那是埋葬我们母亲的地方）。父亲坚持必须穿得端庄朴素。长大后，如果克莱尔穿了皱巴巴的牛仔裤，或我穿了露肩装，都会引起一场长达二十分钟的争吵。他认为这是件严肃的事，每年进行一次，宛若一张精心布置的桌子，上面清楚陈列着我们的过去。

我们从照片里观察自己和对方的变化，并暗中较劲。谁变得更靓丽，或内敛，谁变得更害羞，或不拘。摆出的姿势泄露了我们的一切。比方说，有一年，克莱尔为了掩盖一道疤痕，把脸埋得很低。尽管我俩几乎形影不离，内心却逐渐分道扬镳，朝不同的个性发展。在十六岁时的最后一张照片里，两人都直直凝视前方。不久，我把照片从相册里撕走了。

克莱尔回忆起自己吹着口哨走进马厩，捡起一副马辔。黑暗中，她听到吊桶碰撞的声响。吊桶不会自己掉落，这表明不是有人在马厩里，就是有马没拴住。她没大声呼喊，而是一瘸一拐往里走去，手里提着那副马辔。走到通道转角，她四下张望，在漆黑无声的马厩中，看到我躺在地上，一动不动。正当她走近我时，一匹马从暗处冲出来，把她撞翻在地。

直到今天，整个事件在我们脑海里仍留有一段空白。我们只知道有些不寻常的事发生。克莱尔记得她走进马厩时吹着口哨，但对接下来的事，毫无印象，仿佛距离事件太近，只能看到一颗颗颜色的微粒，而拼不出当时的画面。被马撞倒的克莱尔，盯着我看了片刻，而后，同一匹马又从黑暗中窜出来袭击她，她失去了知觉。也可能像我一样，半昏半醒倒在水泥地上，虽无法动弹，但清楚感知到周围的一切。马蹄敲打地面的嘚嘚声，真切而可怕——如电光火石，印在我脑中。那匹马一定得了幽闭恐惧症而发狂，露出惊恐的眼神，在过道里来回狂奔，一会儿滑倒在干草和水泥地上，一会撞向木板墙，一会朝马厩外冲去，一会在上了锁的出口处折返。这一切是真的，还只是我或克莱尔昏迷时的幻觉？我们不确定自己仍活着，还是已经死了。

克莱尔睁开双眼，看我坐在地上，离她六英尺远，无神地望着她。我浑身乏力，站不起来，不清楚到底发生了什么。满地是撞落的木板。没人来找我们。窗户上积满了灰，从透进的光线判断，该是晚餐时分了。

克莱尔给那匹马取了个有趣的名字,叫"自卫队队员"。那天,我一直盯着她看,事后我告诉她,是因为她满脸都是血。不过她说自己只是手受了伤。我们当时才十五岁。终于等来了库珀。他走进马厩,蹲在我身边,喊我"克莱尔"。那一刻,连克莱尔也困惑了,不能肯定自己是谁。但她确实是克莱尔,冒血的伤口,在左眼下留下一条细细的疤,好像一道干涸的泪痕。

那个黄昏,在马厩里,我和克莱尔之间,一团混乱。我们突然跨入巨大又不安的成人世界。从那一刻起,我们将清楚区分,谁是安娜,谁是克莱尔,不能再以笼统的姐妹相称——或是更糟地把彼此混淆。从那时起,我们企图把库珀占为己有。在接下来的几个月里,我们经常重提这次遇袭。有一道界线横在我们之间,那是我们手挽手拍的照片里从未有过的。我猜测,那本相册还放在克莱尔的书架上。如果她端详照片,也许能更清晰地梳理出我们走上不同人生之路的过程。有一年,克莱尔把头发剪得极短,神情更加冷漠;有一年,我怒视远方,把一切秘密藏在心底。

为什么库珀从未出现在父亲拍的照片里?虽然也有几张照片拍了他,但似乎都隐匿在光和其他媒介背后。有的是窗户上的剪影,有的是映在草地上或动物身上的影子。一个人可以把自己投射到多少种物体上?

不管怎样,那个晚上在马厩找到我们、弄错我们身份的是库珀。他走到我面前,把我抱入怀中,嘴里念道:"克莱尔,我的老天,克莱尔。"我心中暗忖,那我就不是安娜吧,躺在地上的那个才是安娜。

库珀搬到祖父的小木屋，从高高的山脊，他可以眺望远处的黑栎树和七叶树林。清晨的薄雾笼罩在高高低低的树梢上，约莫一个小时才会散去。十九岁的库珀，渴望一个人住。他开始独自重建那座小屋，在山上冰凉的池塘里洗澡。夜晚，他溜出农场，到尼卡西奥或格林艾林听人唱歌。偶尔，和其他人一块吃饭时，他会突然起身离开，手里还拿着面包——但只字不提去哪里。两姐妹心里清楚，和库珀相处的日子终有一天会结束。他变得客气，不受管束，晚上常常出门。回来时，为了不让别人听见，他会在山顶熄灭引擎，把车挂到空挡，滑下山坡，然后走半英里路，形单影只地回到小木屋。

只有姐妹俩坚持要听歌时，他才带她们去镇上。在尼卡西奥举行的舞会上，克莱尔和安娜穿着圣拉斐尔礼服，对酒吧里的男人评头论足，似乎把坐在身边的库珀当作异类。库珀冷冷地默不作声，只在心中暗笑。哪个才是真正的库珀？她们问自己。有次，库珀走开了一小时，她们正决定去尼卡西奥牧场酒店，忽然看到他被簇拥在小小的舞池里。女人们纷纷围住他，倒在他棕色的臂弯里。他不是个跳舞高手，实际上跳得很糟，可那些女孩把脸埋在他的颈项，漂亮的舞鞋紧贴他沾有牛屎的靴子。"嗳，他是个牛仔。"安娜惊呼道。她们不愿打破这童话般的一幕，趁库珀看到她们前悄悄离开了。

年长的库珀依旧担当着本应属于母亲的中间人角色，调解和沟通她们与父亲之间的感情。这并不符合他的性格，也许正是为了逃避，他才搬到祖父的小木屋去，用额外打工挣来的钱，修葺房子。童年时，他在农场得到的第一份工作是帮父亲建造水塔。从最初的支架上慢慢搭建出灰色的塔身。现在，它像一座鸟瞰田野的瞭望台。即使在完工前，库珀就常躺在塔顶的斜面上，凝望连绵不断的山脉，仿佛绘出一条通往远方的道路。十年后的今天，水塔内部有一处漏水了。

库珀打开塔顶的活动门，朝下望去，心头一阵恐惧。深不见底的水里，可能藏着一条蛇，甚至一具尸体。他享受完最后片刻的阳光，提起靠在水塔外侧的梯子，把它移到塔内，放入水中，然后脱去上衣，在腰带上别了一把细长的铁锤，爬入水箱内部。

他在手腕上绑了一圈圈勒紧的橡皮带，里面塞着铅笔形状的木块，这是彭塔卢玛镇艾登木材店的人教他的。他去找艾登先生，那些臂上粘着刨花片的老人告诉他，艾登是木桶制作的创始人。库珀原以为可以从塔身外把裂缝补上，但那些制造和修理酒桶的人向他推荐削尖的红杉或雪松木条，并建议他从塔内部把木条钉入缺口，木条受潮膨胀，就能堵住漏水。他们告诉他，红杉木即使沉入河底，也能百年不腐。

库珀松开梯子，在黝黑的水里，向塔壁游去。裂缝既不可能在水下，也不可能在高出水面的干燥处，而在水平面与塔壁接触的那一圈。干湿交界处的木头容易腐朽，产生裂痕。他脚底踩水，手指摸着光溜溜的塔壁。塔里一片漆黑，只能靠触摸来确定裂痕所在。这可能需要在冰冷刺骨、死寂无风的水箱里耗费好几个小时，乃至几天。即使在塔壁上摸到数年前自己刻下的名字缩写，也无法舒缓他的心情。它暗示了一种宿命。终其一生，他，或是这家人，需要修理多少次水箱？他们给自己造了一座囚笼。

他哆嗦地爬出水塔，穿上长裤和汗衫，沐浴在令人陶醉的阳光下。他见到安娜和克莱尔从农舍二楼的窗户朝他挥手。等身子暖了暖，他又再度下到水塔里。

我们几乎一无是处。年少时，以为自己是宇宙的中心，但只是被动应付，缺乏独立的主见和决断，因意外，走上这条或那条人生之路，靠运气，大难不死、改善境遇。许多年后，如果回首往事，库珀也许会尝试分辨或反思他与克莱尔以及安娜间性格的不同侧面。然而那天，立在午后的阳光下，他挥手朝她们回应，安娜和克莱尔在他眼里没有区别。虽然一个穿黄衬衣，一个穿绿衬衣，但他辨识不出谁穿了什么颜色。当他回到漆黑的水箱里，脑海中重现的是一幅两个女孩半掩在树枝后挥舞手臂的画面。

他再次沉入水中，仍用手指摸索木制的水箱壁，发现一些小裂口。其实，库珀更喜欢金属，喜欢金属的气味、曲轴箱里的润滑油、铁链上的锈迹，所有与金属有关的物品和氛围。激活一辆汽车包含了通往另一片天地的可能，但这家人不常离开农场。父亲曾开车越过州界进入内华达州，至今提起，仍觉得那是愚蠢又多余的举动，还可能危险重重。可是库珀喜爱冒险，能在险境中安之若素。他从小就被接纳进这个妻子产下婴儿几个月后去世的邻居家。他相信，所有事情都掌握在机会手中。

几乎摸遍水箱一周，才找到漏水的裂缝。他发出一声夸张的假笑，沉浸在回音的包围中。接着，他学河岸旁青蛙蹲伏的姿势，使身体悬在水中，把尖尖的红杉木插进缺口，敲入裂缝。在第一个缺口旁，他又发现一个，于是一并把它补上，然后游向梯子。站在塔顶，连阳光也无法驱走他的寒意。他走进农舍，脱下衣服，裹了一条毯子，又回到屋外。

库珀修完木屋，在墙上凿了一面大窗，可以远眺树林。接着，他开始搭建露台。早晨七点，人们便会听到铁锤敲敲打打的声音回荡在山谷。他坚持一个人工作，那几个月里，只有一只名叫阿尔图拉的野猫与他作伴。它四处游荡，一点都不安分。有时，它从人工修筑的小路规规矩矩爬到山顶，而这是它踏进人类世界的唯一足印。库珀做木工时，每次抬起头，都会发现阿尔图拉在看他，半个身子躲在山脊后，但野猫一接触到库珀的目光，便低下头，从他视野中消失。没人见过这只猫睡觉，也不知道它靠什么为生。第二年冬天，这片地区遭逢严重的暴风雪，但没人就此断定阿尔图拉已经死了。

为了省下木料搭露台，库珀把木屋外墙换成瓦楞铁皮。地上浇铸了水泥桩，凌空的露台，比地面斜坡高出十英尺。他慢悠悠敲下一块块木板。山鹰从头顶掠过，蒙起一层黑影，薄雾像漂流的冰川，顺势拂过山坡上的树林，这些令他心情愉快。虽然连续几个星期见不到一个人影，库珀丝毫不觉得孤单。他内心渴望的十分简单，只是分享一个微笑，或一点感触。

那次发生的事，是犯罪还是人之常情？你在一个家庭的熔炉中生活了那么久，对童年的影像恋恋不舍，可以用某种逻辑来解释发生在露台的事。周围一片死寂，听不见一记锤声，没有一丝生命的迹象。

两个人一动不动，连心跳都好像是同步的。有一天，安娜——这个平时像男孩或小狗般蹦来跳去的安娜；这个跌断手腕的安娜，是库珀用柳枝固定住她受伤的手，开车带她去彭塔卢玛找外科医生的；这个和妹妹打赌、蒙眼横穿水库边高速公路的安娜（"赢了我给你钱，克莱尔"），结果克莱尔不敢，她自己走了过去；这个如饥似渴读书的安娜，总是眉头紧蹙，好像鼻尖停了只苍蝇——沿牛群所经过的蜿蜒小道，爬上东边山脊，阿尔图拉有时也走这条路。阳光下，库珀的木屋就在眼前。低矮的树枝上垂下装杀虫剂的口袋，牛群聚在树下，躲避成群的苍蝇和蚊虫。穿过环形的畜栏，安娜心想，已经快两点，库珀一定已经吃过午饭了。她关上畜栏的第二道门，正当她把链条绕过门柱上完锁时，突如其来一场倾盆大雨，把她淋得浑身湿透。黑压压的天幕下，一切显得格外沉重。几分钟后，雨停了。

库珀正坐在露台边，眺望对面山上的树林，没有意识到这场急雨。安娜悄无声息地跨过新堆起的木头。一阵风吹过露台。库珀转过头，看见走入自己视线的安娜。雨过天晴，他的脸落在背光的阴影里。

你被淋湿了。安娜开口说。

真的吗……

他漫不经心地答了一句，不再理她。

安娜思忖，鸟儿从这儿飞回农场，只需五分钟。当然，它不一定会严格按照直线，会随地势变化，俯冲回旋，打几个转。自己上山走了二十五分钟。若换成汽车，大概四分钟，如果不紧不慢骑马,可能十分钟。然而此刻,俯视山下农场,仿佛一座遥远的城市,去那儿要花几天时间。再回望上山的路,她觉得有上百座薄雾缭绕的山谷将他们与外界隔离,需日夜兼程才能抵达这里。

生堆火吧,库珀!

雨是热的,他先轻声自语,然后大叫道,雨是热的。

那给我生堆火吧。烤烤我的衣服,它们全湿了。

好吧,让我来。

他剥下安娜像海藻样皱巴巴的衬衣,一脸惊愕地看着它整片滑落。幽微的天光下,安娜埋首望着自己洁白的身体,双颊灼热。一粒粒水珠凝在娇小的身躯上。轮到我了,她说。

静谧的四周,一切凝固不动,只有水顺着水管上的链条向下流淌。云,看不见的远山。她和库珀身处风雨的间歇。太阳探出头,父亲称这鬼天气是"狐狸的婚礼"[1]。

在日后的回忆里,这段难忘的往事,时时涌上安娜心头,无处不在。与克莱尔坐在农舍的火炉边,说起"哦,我淋雨了"。克莱尔上前(又来了!)帮她脱衣服,"不,不用,我自己会脱。"或者,在山沟对面虬枝盘旋的大树下避雨,她望见露台上他们两具脆弱得不堪一击的躯体。转瞬云散雨霁,安娜和库珀,躺在放晴的天空下。他的手指在她腹部滑来滑去,落下分明的影子,像无心或有意地用它们在拂弄水面。她凝望他棕黑的手臂和阳光下蓬乱的头发,侧过头,看见搁在露台边的手卷烟,受

---

1 形容忽晴忽雨、东边日出西边雨的天气,也称太阳雨。英语里,常把这种天气比喻成某种狡猾的动物的婚礼,或魔鬼结婚。

了潮，仍在冒烟。

她觉得，那个躺在身边、后来趴到她身上的人，不再是库珀。他用双手把她的肩膀深深揿在木板上，痛得她极力想挣脱。安娜，他终于说出两个字，好像从喉咙里吐出一份赤裸的告白。然后，他松开把她按在平台上的手，整个人瘫在她身上。明暗不定的光线中，她看不到他的表情，只有头发，遮住他的眼和脸。

他们面对面侧躺着。"狐狸的婚礼。"库珀说。这个耳熟的说法是从这家人口中听来的。可此刻，这样的分享令安娜觉得尴尬。她不愿牵连到自己的家庭，只想维持这种无言的状态。就像……就像……像他们什么也没说过，什么也没做过，什么也没发生过。

* * *

有些天，她来木屋，光看库珀工作，试图挨着他帮忙钉木板，但遭库珀拒绝。有时，她带一本从图书馆借的书，坐在瓦楞屋顶的房檐下阅读。锯木和敲打的声音渐渐远去，她的思绪飞到另外的国度，和《豹》[1]一起飞到意大利，与火枪手飞到法国。有些日子，他们努力压抑情欲，互相保持距离。有些日子，安娜带了书，却不读，也不说话，简陋的木屋里，毫无生气。一天下午，安娜搬来一台她在农舍找到的旧留声机，还有几张七十八转的老唱片。像发动T型老爷车那样，他们转动

---
[1] 意大利作家兰佩杜萨的经典小说，讲述西西里一个贵族家庭的衰败。

手摇柄给留声机上弦,跟着歌曲《来跳比津舞》[1]的旋律翩翩起舞。上弦,继续跳舞。音乐把他们带入另一个时空,不属于这里或这个家。

安娜坐在露台上,望着库珀,把他的黑T恤抱在怀里。她俯身从小背包里解下一串佛教小旗,这是她从一份邮购目录上买来的。她穿上库珀的T恤,看了眼门旁支撑屋檐的杆子。"能帮我一下吗,库珀?我要够到那上面。这个可以钉在门上方的雨棚上。"她早已握好铁锤,并拿了一枚钉子。库珀蹲下身,让安娜骑在他肩上。"用心凝神之际,让风保佑你。"安娜一边唱,一边起身把串旗的一端挂上去。库珀感到颈背湿湿的。整串旗帜如一条蛇在空中自由摆动。

安娜向库珀解释,一共有五面旗帜,黄色代表土,绿色代表水,红色代表火———定要躲开——白色代表云,蓝色代表天或无边无际的太空、冥想。库珀,我不知道自己要做什么。坐在库珀肩上的安娜,从半空中仰望苍穹。

你觉得克莱尔知道吗?

克莱尔每晚和我聊天,可我从来不说起你。她一定想知道,我为什么对你只字不提。

后来,克莱尔知道了。

有的下午,她认真地用磕磕巴巴的法语和库珀对话——好像变作另外一个人,不是那个和他一块长大、亲如手足的安娜。有时,她回避库珀火辣辣的激情,给他朗读一段描写城市的文字。有时,她偎依在他小麦色的肩膀上,在做完爱后泪流

---

[1] 比津舞,一种起源于南美洲的舞蹈,节奏强烈奔放,类似伦巴。

满面。有时，她需要这个不管是男孩还是男人的他，陪她一起流泪，表明他对两人绝望之爱的理解。在进入她身体、高潮来临那刻，他低头看着她，面无表情的脸像被撕裂开来，却仍然一声不响。这让他觉得更自然。每天傍晚，他不陪安娜下山，不去农舍与其父亲及克莱尔一块吃饭，不和他们玩惠斯特纸牌，里面尽是几率、计分、配对、凑顺子的游戏，漫长恼人，枯燥乏味，而且安娜的父亲对分数很是斤斤计较。打牌时，安娜猛然抬头，发现克莱尔正盯着她，企图看穿她内心的秘密。（此外，库珀是他们当中唯一的纸牌高手。安娜记得，以前打牌时，库珀会嘲笑他们三人差劲的牌技。）最糟的是，她就睡在与克莱尔紧邻的床上，每晚，两人相对无言。

后来，克莱尔知道了。

库珀有没有爱过其他人？你爱过别人吗？她问他。起先，他有些害羞，后来说，"图拉尔的一个女人"。和我讲讲她的事。"不。""告诉我……""不。"和她比起来，我怎么样？"我只和她睡了一夜。"啊，不错，你和她睡过了。她亲了一下他满是狐疑的脸，然后穿上衣服，独自下山。半途中，泪水几乎夺眶而出，可她忍住了。她竭力幻想自己与别人睡在一起。没有人能像库珀那样了解她，也没有人比她更了解库珀。在今后的人生里，这给了她支持的力量。那时，她十六岁，几乎一无所是。

安娜走进彭塔卢玛的雷克斯五金店，买了一罐蓝油漆，提着它来到山上的木屋。那是一种特别的蓝，与那串旗帜上的蓝正好匹配。库珀把桌子搬到露台上。她打开罐盖，搅动油漆。

那日的天气十分古怪，热浪中大风阵阵。他们望见那串旗帜在风中狂舞，差点被吹断。安娜记得那天的每一个细节。她给留声机上弦，放起音乐。他们等待做爱。她用砂纸打磨木桌表面，嘴里大声背诵法语动词的变格，然后开始给桌子上漆。她受不了小屋里那些单调无色的木头。这蓝色，是送给库珀的礼物。风声戛然而止，她抬头，看到乌云滚滚，天空泛出青绿色。

他们紧紧相拥，躺在露台上，雷声仿佛通过一个漏斗，集聚在他们的裸体上。谁都不敢松开对方。安娜感觉两人的身体交融在一起，分不出彼此，连自己的心脏也和库珀做了交换。雷声震耳欲聋，她却什么也听不见，身体在库珀的怀里颤抖。接着，她看到一只来路不明的手，抓住库珀的头发，把他从自己身上拽开，霎那间，她看到了天空，然后是父亲的脸，正俯看着她。

父亲赶来木屋，提醒男孩警惕暴风雨和可能的龙卷风。他跳下受了雷声惊吓的夸特马[1]，绕过木屋走上平台。在那一刻，一股恐惧，而非难堪，占据了他整个身心。他一把拉起像婴孩一样赤身裸体的女儿，抓住她肩膀，把她推到平台下泥泞的斜坡上。库珀僵立在那儿。父亲举起一把三脚凳，走上前，往他脸上扔去。男孩向后倒去，撞碎了身后的玻璃，跌入屋内。他缓缓站起来，看着这个养育他的男人正又一次向他袭来。他没有躲闪，胸口遭到重击，被打倒在地。安娜尖叫起来。她看到

---

[1] 善于短距离冲刺的马，原用于1/4英里比赛。

库珀难以置信的屈服，看到父亲殴打库珀英俊坚毅的面孔，仿佛把它当成一切事端的起源，仿佛打坏这张脸就能勾销发生的一切。接着，父亲跪在库珀身上，继续用凳子狠狠揍他，直到他一动不动为止。

从震惊中回过神的安娜，预感到父亲不会就此罢休。他会杀了库珀。她冲上露台，拼命想拉开父亲，可是办不到。库珀看上去已失去知觉，无法动弹。凳子又一次重重打在他胸口，嘴角流出血来。安娜再次抱住父亲，想把他拉开，可完全敌不过父亲的力气。她转身捡起一块玻璃碎片，刺入他的肩膀，并不断用力，玻璃片在花格衬衫下的血肉里越扎越深。父亲发出一声公牛般的怒吼，挥手朝安娜打去，但手臂已明显使不上劲，回头看到背上插着一块三角状的玻璃。安娜躲过他，用一丝不挂的身体，挡在他与库珀之间。她的爱人。父亲把她推开，她又挣扎回到原地。他慢慢抬起有力的左手，掐住她的脖子，简直要把她的气管扭断。顿时天昏地暗，安娜无力地跪倒在地。她靠近库珀，把脸贴着他，在急促的喘息声中，聆听库珀的呼吸，终于听到一点轻微的声响。可他仍毫无动静。安娜轻轻推他，没有一点反应。一只眼睛紧闭，鲜血淋淋。她留在库珀身旁，双臂环绕胸前，好像在保护自己身体里库珀的心脏。

父亲低头瞪着他俩，然后缓步走到床边，拿起一块羊毛毯，披在安娜身上。他对库珀视而不见，抱起女儿，踩过碎玻璃，直到离开木屋很远，才把她放下，可仍攥紧她的手，向山下走去。马在旁边耷拉着头。安娜一路歇斯底里地喊着库珀的名字。二十分钟后，他们回到农舍。

他什么都看不清，坐起身，只见天地一片混沌。暴风雪在山谷肆虐。先是下雨，后是雨夹雪，最后是冰雹，噼噼啪啪落在瓦楞铁屋顶上。他发现自己在木屋正中央，离窗最远的地方。大风从破碎的窗户呼呼灌进屋里。屋外，几个星期前安娜挂的那串旗帜，被风吹得横在空中，与地平行。蓝色、红色、绿色、隐约的黄色和此刻无法辨识的白色。

他全身冰冷麻木，唯一能感到的是脸上伤口的刺痛。他将死在这里。要不死在这里，要不下山去。这时，谁在农舍？他缓缓站起来，走到房间的另一头。呼啸的风雪，吵得他几乎听不见自己的脚步声，像个不存在的幽灵。他坐在漆了一半的桌旁，拿起一本安娜读的书。书本冰凉，没有温度。

他醒来，意识到自己趴在桌上睡着了。好像有过短暂的停歇，可是狂风再度大作，木屋在风暴中又与世隔绝，只有旗帜噼啪作响。他把手伸到打破的窗外，试探天气。安娜在农舍吗？每次她从平台站起身，神经质地大笑，起初他总以为是在笑话他，或更糟的，在笑话他俩。其实，她比他想象的更脆弱。她指着二十英尺开外说道："以后，我要在那儿造一个露天浴缸。"似乎在否认他们之间发生的一切。

一个小时后，他双膝跪在光秃秃的山坡上。因为害怕走岔路，迷失在漆黑的山里，他扒开雪，露出的是碎石泥土而不是草，由此确定自己仍坚持走在狭窄的山路上。离开木屋后，他撞上一片铁丝网，割破了脸颊和身上的单衣。他不得不折返。

绕着木屋，他用手臂狠敲铁皮墙壁，寻找进屋的台阶。那串旗帜拂过脸庞。他抓起它们，缠在手腕上，把它们扯了下来。跟我一起走吧，安娜。他重新下山。

雨雪交加，天空变得益发暗沉。他感到风中的树叶在他周围飞舞，可是一切都模糊不清。受伤的那只眼疼痛难当。如果你是佛教徒，就能从这痛苦中得到超脱。这是件好事，不是吗？继续向前走，一股激流把他冲向旁边。这是到了水库上的小桥，闸内的蓄水漫过了桥面。他跌倒在水里，朝山下滚去，衣服里突然注满了水和沙石。他背撞到一棵树，脑中一片狂乱，抱住树干，不敢放手。他伸手碰到水平离地面最近的一截树枝，然后站起身，慢慢向前挪步。他双手握住树枝，任雨雪打在脸上。手指碰到挂在树上的杀虫袋，这下，他知道自己在哪里了。只要沿树枝指的方向一直走，就会撞上农场大门外的栅栏。开始爬坡时，他手里依旧紧紧抓着那根小小的指路棒。身体钻进了栏杆，他答应自己，到了栅栏另一边，就坐下来歇会儿，也许就此长眠。可他没有。穿过栅栏后，他仍不停步。一只手扶着栏杆上的铁丝，朝农舍走去。只剩一百码的距离。他无法预料谁在农舍。铁丝刮疼他的手，他仍紧握不放。直到最后三十码，他不得不松手，横穿农舍与栅栏间的那片空地。

走了十分钟，他迷路了，在黑暗中徘徊。他擦到一只木桶，狠命敲打，制造响声，又往前迈一步，一辆车挡住了他的去路。起初他有点恼火，后来摸到车门，伸手去拉，没有反应，但有一点松动的迹象，看来车没上锁，只是车门上结了冰。于是，他再次握住把手使出浑身劲道，这回门打开了。他僵硬地把身体挪入车内，关上门。车里静得能听见自己的呼吸。他打开车厢灯，冻僵的手摩擦车顶的毛毡，手指上结了发黑的血痂。如果有钥匙，他就能打开车内的暖气，可惜没有。他不停地按喇叭，按了许久。不然，他可能会死在这里。耳边飘来安娜的声音，黄色代表土，绿色代表水，红色代表火，白色代表云，蓝色代表天，无边无际的太空，冥想。他晕了过去。

和她不同，你并不想死。你下山到了这里。

她想死？

是的。哦，我想是的，她的确不想活了。

是谁在说话？有人压在他僵硬弯曲的膝盖上。他裹着几层毛毯，平躺在火炉前的地板上。一粒火星跳到他身上。不一会儿，他嗅到羊毛燃烧的焦味，闻起来还不错，像在烤食物，他喜欢这味道。

别扔我的衣服。

为什么？

我想……留着那个。

什么？

那个……那个……

旗帜，安娜给你的那串旗帜？她问道。

是的。不能让它们碰到地上。

好吧。你和她不一样，不想寻死，所以想尽办法把自己弄下山。

是克莱尔在说话。

她在哪儿？

他们回到这里。父亲抓着她。即使对我，她也只字不语。

走进农舍时,她一直在尖叫。她要寻死。他满身是血,把安娜拖进卡车,开车走了。他们刚离开十分钟。

他什么都没说,也不知道克莱尔知道多少。

库珀,他身上全是血,衣服被浸透了。我以为受伤的那个是他。

她对暴风雪来袭时库珀仍留在木屋的事毫不知情;父亲带安娜离开时告诉她,库珀去了别处。后来,克莱尔听见汽车喇叭声,她打开门,门外除了浓密的雨雪,什么也没有。过了一会儿,又传来汽车喇叭声,她再度走到门廊向外瞧。风雪减小了些,漆黑的夜幕下,她隐约看到一缕微弱的橘黄色灯光,渐渐淡去。晚一分钟,她可能就看不到了。那是汽车车厢内的灯光。屋顶上迸发出哗啦啦的雷响。她定定地站了一会,解开一圈绳索,把一头绑在门廊的柱子上,另一头捆在自己腰上,朝刚才风雪中灯光的方向走去。

她透过挡风玻璃看见车里的库珀,以为他死了。可在手电筒赭色的光线下,他的手抽动了一下。隆隆的雷声又在头顶响起。克莱尔根本抱不动他,不过还是把他从车里拉了出来,然后拖着他,经过院子地上扎人的麦茬,爬上台阶,回到农舍。她解开绑在身上的救命绳,给库珀盖上毛毯,让他躺在火炉旁,屋里又黑又冷清。

第二天清晨，天空微露曙光。她醒来，发生的一切历历在目。走到马厩，克莱尔提起马勒，马配合地低下头，把耳朵伸进上方的皮圈。她把毯子和马鞍放在马背上，给马系上肚带，暂时不绑得太紧。她俯身向前，亲亲马的脖子，总有些特别的味道。

马道两旁的松柏，纹丝不动。风雪过后，骑马出行，令她觉得神清气爽。马缓步上山，克莱尔的目光扫过每一个山脊，搜寻动物的踪影，可能是一头伪装成粗麻布或石头的小牛，可能是别的。追逐失去的事物，和祈祷一样充满了不确定性。山坡上到处是断落的树枝和木桩，还有一只从别家农场滚来的油桶，山林被昨晚的风雪吹打得乱七八糟。克莱尔骑过河，黑色的水面上，漂着也许从未泛上来过的泥沙。从第一个山顶回头看，变了形的水塔摇摇欲坠。

库珀走了。已经走了。安娜在哪里，父亲在哪里，她一无所知。十六岁的她，如今孤身一人。马儿在马厩忍受了一夜的惊天霹雳，暴躁易怒，好像有满腔的能量要发泄。她轻声细语地安抚它，遏止它狂奔。

库珀木屋对面的一排七叶树被风吹倒了。她下马，走上平台，上面散落着玻璃碎屑。她从打破的窗户，看到野猫阿尔图拉躺在床上。克莱尔从没见过这只猫跑进房子里。而眼前，它把头靠在枕头上，没料到会有人来，连它也因这疯狂的天气变了脾气。趁它没完全醒来，克莱尔把这睡着的家伙放进一个枕套里，只露出头。她伫立在库珀冰冷的小屋里。多年前，她喜欢一个人在这儿露营，里面只有一张小床和一个壁炉。在归属库珀和安娜以前，这里是她居高临下的安乐窝。现在，由于暴风雪的破坏，它又恢复了以前的简陋。她思索着怎么处理这间小屋，想象骑马回来，看到一片火海，冒起滚滚黑烟。可是，所有的过去，他们的青葱岁月，留下的，只有这间木屋。

克莱尔深知，库珀永远不会回来了。她知道他俩的事。这些日子，她忐忑不安，目睹安娜有时黄昏才归，回来后，两眼发直，她脸上的神情泄露了一切。满是新的确信和见识，对什么都怕。安娜一刻不停地走动。她绕着昏暗狭小的厨房走了一圈又一圈，不用非得承认什么。

克莱尔本应把木屋烧掉的。

她走到阳光下，解开缰绳，抱着猫跨上马背，心里在对它们俩诉说着什么。

红与黑

嬉皮士"死头"[1]是库珀在塔霍城找到的一个真正的盟友。称他"嬉皮士",因为他是赌场里看起来最健全的人。他是最优秀高尚的嬉皮士,沙滩鞋上沾着牛屎。从第一次听到有关他的传言,到最后那晚看他与兄弟会的人坐在牌桌前,他的装束一成不变:未经熨烫的夏威夷花衬衫、长发、走路时丁零当啷的珠子、脖子上别扭的贝壳项链。有次,库珀坐在一张靠墙的长椅上,头一回听到别人谈论"死头"。

你那个朋友,那个嬉皮士……

多恩不是嬉皮士,没有人既上赌桌又是嬉皮士。

他是嬉皮士,很早就是。和一个在"感恩而死"乐队演唱会上结识的语言治疗师同居。这是嬉皮士的作风。

衣着邋遢的多恩体格健硕,是内华达山脉以南最冷静的牌手。他有个理论,一天打两个小时墙手球,可以抵消漫漫长夜打牌时酒精、可卡因和尼古丁对身体造成的危害。

你是嬉皮士吗?库珀问他。两人在关注同一牌局。

可能是。

有种说法——"嬉皮士是牛仔还在 × 水牛的活证据。"

这句话我听过无数遍了。

自到塔霍以来,库珀几乎不和任何人说话。眼下,只过了

---

[1] 美国摇滚乐队"感恩而死"(Grateful Dead)于1965年在旧金山成立,因以骷髅头作为视觉标志,故忠实歌迷把自己称为"死头"(Deadhead)。"死头"中不乏名人,托尼·布莱尔和比尔·克林顿都称自己是"死头"。

三十秒,他发觉自己就惹到了一个全塔霍最聪明、最不羁的牌手。据闻,他在一场牌局中两度击败大卫·马麦特[1]。这位新相识把手搭在库珀肩上。

不好意思,我约了人。我的名字叫爱德华·多恩,和那个诗人同名。[2]

这位嬉皮士走了。库珀尾随他到门外,见他跨上一辆自行车,向街南骑去。

初到塔霍那年,二十三岁的库珀加入了多恩一伙。他的赌徒生涯开始于海滨小镇的酒吧和台球房,他既观战,也和别人赌球,观察一天天老去的球手怎么在台球桌旁鬼鬼祟祟,观察他们怎么过于轻易地扮个鬼脸原谅自己的失误,观察有的人对击球动作情有独钟。他看得出,哪些人心狠手辣或野心勃勃,哪些人深藏不露。以前,库珀对察言观色一窍不通。可是赌台球必定要靠伪装,在球桌上骗取得分。后来,他开始玩纸牌,这项技能有了用武之地。他注意到,玩纸牌不需隐藏自己的禀赋。没人因为你留了一手而拒绝参赌。那紧张激烈的算计,必须铁石心肠,靠运气和把握最后一张"河牌"[3]的契机,它会昭示你的命运。库珀发现自己能在混乱和凶险中气定神闲。在塔霍,他看到醉汉左闪右避、迷茫地穿梭在牌桌的旋涡间,回想起在俄罗斯河边,在挖泥机浮动的平台上,自己和其他受骗的少年用粗大的巨蟒软管淘金。那时,他们也是同样的

---

1 大卫·马麦特(1947—),美国剧作家和导演,拍过赌博片《老千大阴谋》、《赌场》等。
2 指"黑山派"诗人爱德华·多恩(1919—1999),代表作为诗集《持枪凶手》等。
3 "河牌"(The River),得州扑克里的最后一张公共牌。

神情。

库珀得到多恩一伙的照应,他们分别是多恩、曼西尼、"皇太子"——这个外号源自他曾被人逮到在读一本欧洲小说。他们摆出皇家牛仔的阵势走进赌场——除了多恩,拖鞋加念珠的造型定格在六十年代。赌徒里没人晓得美国总统的名字,而多恩以一种愤世嫉俗的态度关注政治,对庞斯·欧特里这种把基督信仰搬进赌场的家伙深恶痛绝。欧特里那帮人自组了个"兄弟会",下赌池前,在中间的夹楼围成一圈祷告。多恩对往来于塔霍和拉斯维加斯之间的欧特里敬而远之,他和兄弟们把拉斯维加斯视作世界尽头。他们更喜欢留在塔霍。周末,他们偶尔开车去雷诺城,一路上吵吵闹闹,争论最好或最坏的毒品、品种最优良的狗、遇过的最强的老千、最佳的女按摩师、最棒或最差的演员,不过他们一致同意,德·帕尔玛[1]的《愤怒》无疑是有史以来最烂的影片,众所皆知。有时候,曼西尼坚称卡尔·马尔登是最伟大的演员。

几乎每一部电影——《码头风云》《欲望号街车》《忏情记》。

还有《独眼杰克》……

你他妈的抢了我要说的三个字。他和凯蒂·乔拉杜——整部电影就是他俩。

他还演了《辛辛那提的孩子》,对吗?里面那个老千是他演的吧?

正讲得起劲的曼西尼,迟疑了一下。你知道,卡尔演了许

---

[1] 布莱恩·德·帕尔玛(1940—),编剧、导演、演员,以拍摄悬疑电影知名。

多牛×的电影，但《辛辛那提的孩子》，那片子有点问题。记得他们赌的是无下注限额的梭哈。我想起来了，史蒂夫·麦奎因拿到两张"A"和两张"10"，爱德华·罗宾逊——另一位梭哈高手，如果他下国际象棋，肯定会名垂千秋——拿到三张散牌，没有对子。这种情形下，你千万不能给他拿牌的机会。总而言之，不能让他要牌。就这么简单。可娘娘腔的麦奎因竟下了那么一丁点赌注，让爱德华咬住，拿到最后一张牌——他根本不可能有机会拿到那张牌。你应该把全部家当压上，你的老婆、你的女人，让赌注高得逼退他……从眼前的局势看，明知自己的牌最好，就要不惜一切。

后来怎样？我忘了结局。

爱德华如愿拿到一副同花顺，赢了麦奎因。

讨论的那些电影，库珀都没看过。他们三四十岁时，他还是小孩。他们看住库珀，知道他骨子里对冒险的痴迷，强烈得甚至会伤到自己。不过令他们吃惊的是，库珀模仿他们每个打牌的样子，惟妙惟肖，简直像神魂附体。进入一局牌的高潮，头脑必须冷静，而库珀的表现，要么很蠢，要么惊艳。有一天，他可能成为他们出色的继承人。但现在，他还停留在初级阶段，大多数时候是在和自己肉搏。

然而，多恩那伙人以赌博为生，通宵达旦的马拉松牌局，喝威士忌，吸可卡因，在牌桌旁或开了空调的车后座，读俄德纳斯[1]和菲利普·迪克[2]，在"发现频道"响亮的背景声中，和

---

[1] 俄德纳斯（S. W. Erdnase），《牌桌上的专家》一书作者的笔名，该书被誉为魔术界也是老千的纸牌《圣经》，关于作者的真实身份，至今仍是一个谜。
[2] 菲利普·迪克（1928—1982），美国著名科幻小说作家。

艳女郎做爱，在下楼的电梯里持枪杀人。库珀不参与，别人也碰不得他。他处处表现得神志自若，唯独打牌时例外。其他人用可卡因提神，一犯困就会输牌，这是唯一的原因。几年后在圣玛丽亚，一个名叫布丽吉特的女人，试图让库珀尝点可卡因。他捧着她的脸说："我知道你不会信我的话，但有一天，你在火柴盒背面写下四百个单词，自以为完成了一篇传世经典，你就会相信自己是不可战胜的。"女人微笑地回答："你是不可战胜的，库珀。"

有一晚，他们一伙人在快餐店里，高谈阔论着赌桌上不同寻常的战利品。多恩说起一个外号叫"异教徒"的人，他后来的妻子是用一对"9"赢来的。

到处都是骗局、盗窃、毒品。有两人请多恩推荐一名靠得住的老千，他提到费德里奥。"很好听的名字，"他们问，"他是哪国人？""菲律宾人。"多恩回答。"不，谢谢，"两人说，"我们要个雅利安人。"库珀一阵骇然，可多恩说："有道理，他们要个看不见的发牌人。"在这个世界，你要学会睁一只眼闭一只眼，发现自己和一个职业杀手或海洛因毒贩同桌喝酒，也许上星期刚有人吃了他的八分之一盎司毒品毙命。一个个纵情放荡的生命在身边消逝，而他们关心的是，自己这伙人里谁会第一个倒下。是"皇太子"还是曼西尼。他们觉得"皇太子"的可能性不大。虽然他有服食安眠酮的习惯，可还是胜算较高。他喜欢向朋友展示优秀钢琴演奏家的唱片和技巧，教他们怎么打扮，对浅口平底鞋、刺青、古龙水和温莎领结怨声载道。他花数小时讲解衣袖合适的长度和领口正确的高度。就服饰而言，"皇太子"认为，最伟大的文学作品当属《源氏物语》。长途行车时,他朗读描写紫式部的段落,读得其他人打起瞌睡。他已经给他们上了两堂课,讲日本黑色小说和早期作品里妖冶的坏女人。"你还没遇上她们,"他告诉库珀,"但会的。她们将抓住你的弱点。对一个男人而言,没有什么比一个身处危难中的女人更具诱惑力。她们和牧师一样,让你束手就范。"

可卡因令"皇太子"昏了头,两个浸礼会教友诱骗他玩2-7梭哈[1],令他输得精光。几天后,他心脏病发,进了医院。手术前,电视在转播一场橄榄球赛,他把平生最后一次赌注押在球赛上。一星期后,他死了。多恩去认尸,医院的勤杂工掀开床单,露出他小腿上"红心杰克"的刺青,年少时不懂品位犯下的错误。

这下曼西尼成了赢家。(他继续频繁地更换女友,出人意料地最后到艾奥瓦州当了一名药物咨询师。)"皇太子"死后的第二天上午十一点,其他三人聚集在他的公寓。彩电调到静音。屏幕上在报道海湾战争的进展,曼西尼转动频道,停在一个穿热裤的女驯蛇员身上。他们静静盯着她,回想关于"皇太子"的传闻,接着上车,绕塔霍湖开了一程。身在海拔六千多英尺的高处,特别容易喝醉。

仅他们三个自家人之间打牌,学习新的玩法,分析各种下注和输赢的可能。多恩常说(像歌里唱的),要选就选"那个长发披肩、家底殷实的女孩"[2]做女朋友。在"皇

---

[1] 又称最低手梭哈,拿到最小五张牌的人获胜。
[2] 作者注:这句歌词是摇滚乐队"满匙爱"(The Lovin' Spoonful) 所作。(译者注:出自歌曲 *Did you Ever Have to Make up your Mind*,这首歌在嬉皮士中间非常流行。)

太子"去世的休战期，库珀决定向他们展示一下自己高超的老千手法。他拆开一副纸牌，抽掉质检卡和两张小丑，把牌对半切成二十六张一叠，用法罗洗牌法，一分钟内来回洗了八遍，洗完后整副牌的顺序和原先的一模一样。他向他们坦承中间的诀窍，但应允不会在玩牌时用这一招，他们信了他。"瞧仔细了。"他开始洗牌。"你的手指像虔诚的天主教徒在拨弄念珠，"曼西尼说，"你为什么学这个？"

在人生的关键时刻得到错误的指引，这样的事例举不胜举。数年前在旧金山码头，库珀与人玩三猜一的纸牌游戏，被人骗了钱。他走进一家玩具商店，想找出他们骗人的方法，却发现一本《牌桌上的专家》的再版本，它最早出版于一九〇二年。除了解释三猜一骗局的原理，这本书是个潘多拉魔盒，库珀从中发现了一个地下世界。

我想，我应该知晓每种陷害我的手法，库珀说。我在《做牌的学问与艺术》上看到一篇文章。

哦，改天你一定得会会"异教徒"。多恩说，从他那里再多学几招。他是老一辈的法罗洗牌大师。也许我该替你写封简短的介绍信。

办完"皇太子"的葬礼，几天后，他们各奔东西。多恩回到内华达市的家中，多年的女友露丝在那里工作，是个语言治疗师。他邀请库珀一起去他家。他们驶过逶迤曲折的山路，两旁青松挺立，在山区遇到纷飞的风雪。到了有信号的地方，多恩把广播调到KVMR频道[1]。在内华达市，多恩是位积极的社

---

[1] KVMR是内华达市的"社区之音"电台。

会活动家，经常上当地的广播节目，对把旧工厂改建成社区中心的事不遗余力。同时，他沉迷于钻研阴谋论，它和扑克一样，具有迷惑人的表象，只有通过眼神和不起眼的细微处才能窥得真相。多恩能觉察出骗局的大致轮廓，识破谎言。在对付拉斯维加斯兄弟会那帮人方面，他还没破解出他们的行动密码，想不出对策，这令他沮丧。他觉得被他们耍了一把。他不确定，庞斯·欧特里是个痛恨输牌的扑克高手，还是总有老千帮他在每副牌上做手脚。最近，随着海湾战事的发展，他不断看到有兄弟会的人佩戴星条旗徽章。库珀反感他们政治上顽固的自以为是，想上前与他们较量。

不能这么做。

我相信我可以。

这样吧，如果你要对付欧特里那帮人，先去找"异教徒"。他会教你。他已经退出江湖，但他憎恨拉斯维加斯的一切。并且，他和某人的女人私奔了。

那个他在牌桌上赢来的女人？

对。

我怎么去找他？

首先，你千万不可喊他"异教徒"。他的名字叫艾索。搭巴士到贝克斯菲尔德，然后雇个司机，让他把你送到七十英里外的沙漠。

* * *

艾索和那个女人落脚在弃置的杰里科军事基地，住的是辆八十年代的清风房车，车的电路接在一根电线杆的变压器上。他们建议库珀睡在勘测员留下的老帐篷里，离他们的银色房车不远。丽娜指给他看洗澡的水井。水里还漂着金箔，她说。他们在露天做饭。早餐和晚饭时分，天然气罐发出嘶嘶声。夜晚，库珀看见基地远处有别的灯光。丽娜的两匹马在营地附近走来走去。

提起多恩，打破了库珀和"异教徒"之间的沉默。

天哪，我和他母亲很熟，我差点当了他的爹。

他是我们中的智多星，库珀彬彬有礼地说。

"异教徒"思索了一会，然后喃喃自语，现在他们说他是个嬉皮士。

看上去是。

库珀望见丽娜走来，她翻身上马，身体柔软得像条丝巾。突然间，他想到了克莱尔。她骑在马上，静若处子。据"异教徒"说，有人悬赏捉拿丽娜，她的第一任丈夫虐待她，至今仍无法原谅她的逃跑。危难中的女人……库珀脑中跳出这句话。白天，他考察周围的台地、马道和古老的金矿。丽娜惊讶于他对马匹的精通。"嗨，一个会骑马的赌徒！"于是，他俩一块在沙漠里骑马跋涉。不管怎样，库珀必须等到晚上——直到夜幕降临，艾索才会拿出纸牌，把库珀叫到房车的小隔间里，关上门。他们会在里面待上三四个小时。结束后，库珀一回到帐篷，倒头就睡。

有时下午，他独自游荡在废弃的咖啡馆和军事基地的营房，好像到了杳无人烟的月球郊外。有时夜晚，他听见发电机的声音，或看到一堆营火，可除了丽娜和艾索，他没遇到过别的人。"异教徒"和他之间，正经得像宗教领袖古鲁向弟子传道，只是不禁欲。"异教徒"做爱时，动静很大，喊声像极了求救的尖叫，他甚至为此向库珀道歉。他们选在近傍晚时做爱，完事后从清风房车走出来，像两只被打败的榛睡鼠，垂头丧气。库珀待在四十码开外的帐篷里，午后三点的阳光刺眼，他用一块薄毛巾蒙住双眼睡午觉，却无法对房车里传来的欲仙欲死的忘情叫喊充耳不闻。

一星期后，"异教徒"把练牌时间延长了一倍，变成六个小时。午夜十二点，暂停休息。艾索从厨房拿来一瓶威士忌和两只酒杯，然后重新开战。"小心假的收场。"他说，仿佛前面的时光只是彩排。

"异教徒"用一张图表记录两人理论上的输赢。到目前为止，库珀已经欠他三万美元。"异教徒"宣布："输的人去米尼佛买吃的。我既不骑马，也不乘骡。"有一天晚上，他提高赌注，对库珀说："如果你赢了，可以和丽娜睡一觉。尝试从一副牌中间发牌。今晚什么都有可能发生。如果被我逮到，赌局就取消。如果你赢了，不必再隐藏你的感情，我看得出来，你喜欢她。"库珀窘迫万分。"有人说，我用一局牌赢了丽娜，""异教徒"继续说道，"其实是她在那场牌局里征服了我。不过当然，我是庄家。中情局的人相信，只要知道对方的弱点，就可以攻破任何人，改变任何人。排在第一位的，总是性，其次是钱或权力。偶尔也有骄傲和虚荣心。那么你呢？"

他们把玩放在窗台上的威士忌酒杯。"在一张大牌桌上出老千不难，所以我们把它缩小到两个人的范围。同样，拉斯维加斯有让人分心的事物，我们没有。你能一心一意监视我。"

由此开始了第二周作弊课程的教学，怎么做一个不被人察觉的老千。"有些事不是我们天生就会的。"艾索低声说，"优雅娴熟的动作，使它看上去像什么也没发生。你要摆出平常的假象。放慢发牌的速度，装得像个外行。这样才能击败他们。现在，让我瞧瞧你的骗人功夫。"库珀心中清楚，艾索认为，拉斯维加斯该被埋在沙漠底下。"我望着这片军事基地，盼望有朝一日拉斯维加斯也是这样的命运，把歌手、笑星一块埋葬。一千年后，我们将挖开韦恩·牛顿[1]的坟墓，他再度成为偶像。"艾索一刻不停地说着，令库珀联想起引用《圣经》证明世界末日在周末前就会降临的喋喋不休的搭车人。"异教徒"教他动作、表演风格和如何集中注意力。"我听说，托尔斯泰走进一间房间，能够在十五分钟内，洞悉里面每个人内心的一切。房间里他唯一不了解的人是他自己，""异教徒"讲道，"一个优秀的职业选手就是这样。"

"异教徒"利落地洗牌发牌，虽然已远离尘世，嘴里却念叨着世上他喜爱的东西——浓缩咖啡、唐纳德·韦斯特莱克[2]小说里的情节、墨西哥红辣椒的味道——而库珀密切注视他发牌的动作，一旦抓错了，他就输一千块钱。"区区一千块钱而已，"艾索说，"正常情况下，如果有人冤枉我们作弊，我们当即掏出手枪，把他的肩膀打飞。还有，别忘了——如果今晚你赢了，丽娜就在门外。我将到帐篷里去睡。也许嫉妒得像狼一样怒吼，但赌局就是赌局。我也顺便告诉了她，她没有异议。

---

[1] 韦恩·牛顿（1942— ），拉斯维加斯著名的歌手兼艺人。
[2] 唐纳德·韦斯特莱克（1933—2008），美国著名犯罪小说作家，三度获得爱伦·坡推理小说奖。

我在福克纳的小说里读到过类似的桥段。""别让我分心。"库珀抗议。"我的确在分散你的注意力。讲托尔斯泰时，我动了两次手脚，你没发现。你在听我说的话，话里有内容，思维像迷宫一样错综纷乱。你必须忘记内容，一心只想着轮盘……"

凌晨两点。库珀站起身，计分表钉在涂过漆的门上。他记下自己输的赌金，情绪低落到极点，觉得自己被设计了。"你知道一部电影里最棒的台词是什么？""异教徒"问他，身体仍坐在椅子里。

"你可以明天告诉我，"库珀说，"晚安。"从另一个房间传来丽娜的声音："你输了？"他不清楚丽娜是否真的知悉艾索提议的荒诞赌注。她抓过他的手："艾索告诉我，这是双无与伦比的手。晚安。"库珀走入黑暗，回到帐篷里，很快睡着了。几分钟后，他被他们高声的大笑吵醒。

有一晚，他们没有打牌，和丽娜一块儿，沿着一条干涸的河床走了好几个小时。他们登上高台，没有月光，周围显得更黑。库珀觉得好像离开了地球。丽娜走在他身边，两人十指紧扣。对单身了许久的库珀来说，这个神秘的动作，充满亲昵和温存。她在黑暗中转过身，看到他的侧面："哦，是你。"旋即跑开。离他远去时，他听见她说："对不起，我弄错了。"

这个遇人不淑、被艾索搭救的女人，不断唤起他对克莱尔的回忆。她有一张农家少女那样胖嘟嘟的脸蛋。几天后，当库珀准备离开，去贝克斯菲尔德巴士站时，她羞怯地向他告别。他隔着格子衬衣亲吻她脖子，然后是耳鬓。之前很少和他有身体接触的艾索，给了他一个紧紧的拥抱。

不管如何，他学到了此行想学的一切。虽然只赢过"异教徒"寥寥几回，但库珀心知——虽然他的老师没有明说——他现在的作弊术，连最高法院都看不出来。

在夜班车柔和昏暗的灯光下，他端详自己的手，翻来覆去地看。"异教徒"有一双像少女或公主那样的美手。正在去拉斯维加斯和多恩等人会合的库珀，忽然觉得心里没底。他发现自己一直在和一个可能的疯子围着一束微弱的光线，坐在清风房车里的小牌桌旁，进行私密难懂的对话。无论对别人还是自己，他都是一个危险人物。巴士驶近拉斯维加斯，他抬起头，沙漠之城的天空赤红如火。

* * *

海湾战争于一九九一年一月十七日凌晨两点三十五分打响，在内华达的赌场，这只是一个平常的午后。挂在墙上的电视，往常用来重播赛马或橄榄球赛，此时在播放模拟美军进攻的动画。"马蹄"酒店里的三千名赌徒，呼吸从通风管里输进来的氧气。对他们来说，战争是发生在一个虚拟星球上的电脑游戏。电视被锁定在静音。夜总会的表演、用手机接客的妓女、给人按摩的按摩师、筹码的撞击声，没有什么可以中止赌场的运作。这里，屋顶的摄像头睥睨着绿色台面上的每一双手。与此同时，在另一片沙漠，爆炸升起的橘黄色火球把夜晚的地平线照得亮如白昼。两点三十八分，美军直升机和秘密轰炸机正在开火，向城市投下制导导弹。接下来的四天里，上演了一场当代的高科技大屠杀。"眼镜蛇"直升机、"疣猪"攻击机、"鬼怪"和它的孪生兄弟"幽灵"攻击机，在空中盘旋。底下沙漠公路上，伊军正在撤退。它们扔下用温压型燃料、爆炸性气体和精密粉末炸药制成的导弹，耗尽氧气，把下面的人炸得粉碎。

多恩、他的女友露丝、曼西尼和库珀，四人坐在"河流"咖啡店里商谈。这时是凌晨一点。曼西尼要求参加和兄弟会的赌局。"我信不过你，"多恩说，"你是个好演员，但有时会露出马脚。我们需要'皇太子'扮演一个无辜的角色，可惜他不在了。所以只能我上。"多恩负责整个计划。

那我开车？曼西尼问。

不，露丝开。这几天你最好和库珀一起研究一下怎么做牌、时机和行动的步骤。就这些。

啊，让语言治疗师开车。我会露出马脚。这么说，压根是把我踢出局了……

你不能和我们一起，他们会嗅出我们有一伙人。所以那晚你要待在别的地方，去别家赌场。你发现了欧特里多少事？有人给他做手脚吗？

总有几个同伴陪他一起玩，所以很难确定谁动了手脚。我猜，是几个人轮流出老千。

那我提议，揭穿他们的把戏，库珀打断他的话。

那你别想再在这镇上混下去。如果他们是老千，他们认得出作弊的手法。你去找"异教徒"的原因就是为了不让别人看出你是老千。

我不在乎。

我在乎，露丝说，这是我们的地盘，我们在这里工作。

出了电梯，多恩和库珀从夹层走下楼梯，进入牌桌林立的赌厅。兄弟会总是在扑克主池旁、蓝绳外的一个小房间，里面只有一张桌子，带有监控设备，在那里出老千，充满古时法罗牌戏[1]的惊险。只要有人的地方，就不可能绝对安全，而每个人都很警惕。多恩身穿一件淡黄色的夏威夷衬衫，小口啜饮威士忌，看兄弟会的人围攻一个普通玩家。欧特里朝他们做了一个欢迎的手势。多恩和库珀有些犹豫。这在意料中；通常，人们对这些基督徒心存戒备。他们做了个再去要杯酒的动作，表示可能会回来，然后继续往别的赌桌走去。一小时后，他们终于跨过蓝绳，坐下来和欧特里同桌，他左右两边各坐着一个同伙。很快立下规矩，这是场私人赌局，不用赌场发牌员。按兄弟会的玩法，赌得州扑克[2]。

第一局，库珀赢了一千。这是兄弟会故意下的诱饵，多恩表现谨慎。他身子前倾，一头脏兮兮的长发，摆出一张大笑脸。欧特里开始自言自语，讲世界局势、这座沙漠以及那座"麻烦不断的沙漠"。来回玩了一个多小时，输赢相互抵消，常见的起起落落。每次轮到库珀发牌，他都会老老实实地切牌。所有玩家都密切留意手的动作，观察隐藏在里面的习惯。库珀看出欧特里右边那人，切牌时大致都习惯性地切在同一位置。牌桌上大家聊个没完，讲有趣的轶闻和真事，可库珀心里只有

---

[1] 一种以猜测庄家一组牌出现顺序而下注的纸牌赌博。
[2] 游戏规则是：每人发到2张牌，桌面上有5张公牌，从里面选取3张与自己手中的牌组成最大的5张牌。

赌盘。他知道,马上有人要出招了。"不要为了蝇头小利出老千,"这是曼西尼告诫他的,"把手脚留到最后的高潮。"因此,库珀继续等待。

按原计划,到某个时候,他会在洗牌时做两手好牌——一手给欧特里,一手更好的给自己,然后把做好手脚的那叠牌放在一张折过角的牌上,那是欧特里右边那人通常切牌的位置。如果那人恰好切在这张有折角的牌,那库珀就不用再暗动手脚;他们将把全部赌注押在这副必胜的牌上。一旦他准备行动,会示意多恩提供掩护,略微分散对方的注意力。

赌局从下午三点左右开始,现在是七点。欧特里右手边那家伙继续发牌。不多久,多恩建议提高盲注[1],把金额扩大到两倍。还有两局才轮到库珀发牌。他和多恩输输赢赢,手里的筹码能勉强支撑,还没受到致命的打击。

此时,多恩讲起他看到的几条新报道,有关发生在那座"麻烦不断的沙漠"里的杀戮——美国战机朝一条挤满逃兵的公路每分钟投射一千发炮弹。"这就是到昨天为止的新闻,"他咕哝道,"我们扔下五百磅反坦克炮弹,以每秒钟四千英尺的速度,向外喷射锋利的碎片。我们站在上帝的高度,毁灭这些生命。他们说,那条公路好像春假时的德通纳海滩。"[2] "住口!"欧特里大发雷霆,可多恩没理会,继续说,"耶稣复活日到了……他们说,那里一切都变成了炭。"库珀洗完牌,把做好

---

[1] 坐在发牌人最左侧的两个牌手、在任何牌发下来之前必须要下的注。
[2] 作者注:多恩这里提及第一次海湾战争,部分描述摘自《受难者日:一场小规模战争记事录》(*Martyrs' Day: Chronicle of a Small War*, Random House, 2001),作者迈克尔·克里在第二次海湾战争中遇难。

手脚的那叠放在底下。桌上一片缄默。多恩描述了更多袭击伊拉克共和国卫队的细节,直到欧特里打出要求肃静的手势。库珀拿回牌,他出神的表情令欧特里忆起一个六岁女孩在皈依仪式上朗诵整页《旧约》的神态。

库珀发第一轮牌——每人两张,面朝下。桌面上的牌况如下:

多恩	X	欧特里	Y	库珀
K♠	6♦	A♣	5♣	7♦
10♠	2♣	A♠	Q♠	7♣

库珀请欧特里继续讲他的轶闻,不让他注意到自己拿了手意外的好牌。多恩下注,欧特里加注。库珀跟注,其他两个家伙退出。此时,库珀靠着椅背,整个人松弛下来。洗牌时已经决定了整局牌的发牌顺序。他需要做的只是把牌发完。照规矩,他先销毁下一张牌,然后发三张公牌,放在公牌圈里,面朝上。

多恩	欧特里	库珀
K♠	A♣	7♦
10♠	A♠	7♣

	翻牌圈	
A♡	7♠	4♣

多恩的牌最小，但由他下注，欧特里此时有三张 A，所以加注。库珀跟注，心中开始哼唱起，"你跑向那块岩石求救，可这没有救命石……"[1] 多恩盖牌退出。牌局进入胶着阶段。

库珀又销毁一张牌，然后发第四张转牌。这是张无关的牌——方块 8——不改变两手好牌的强弱，只是制造又一轮下注。

成家了吗？欧特里问库珀，用 X 射线透视这个年轻人的本性。

没有家。库珀平静地回答。

有女朋友吗？

还没女朋友。没有，先生。库珀咂咂舌头。你已经结婚了？

对，是的。

欧特里又下了一轮很高的注。库珀沉思着，摆弄他的筹码。多考虑了片刻，决定跟注。此时约莫九点半。赌池里已有近十万美元，两人面前，还剩差不多同等数目的赌资。现在，连欧特里也不出声了。库珀发出最后一张牌——河牌——翻转的一刻，他在心中默念牌的花色。凭这张红心 7，他将灭了欧特里，把他羞辱一番。

欧特里	库珀
A♣	7♢
A♠	7♣

---

1 作者注：库珀在牌桌上哼唱的歌词来自歌曲《强尼太坏》(*Johnny Too Bad*)，1970 年由 The Slickers 组合首唱。

公牌
A♡　　7♠　　4♣　　8♢　　7♡

根据桌上的五张公牌，欧特里拿到一副大满贯，三张A和两张7。他很快把剩下的筹码全推进赌池。库珀跟注。他们放下手，库珀揭开自己的两张7。瞧这里啦，他说。

欧特里认出那极尽嘲弄地摆在他面前的一条龙。库珀收起近三十万美元的筹码，慢慢起身。

坐下，孩子。欧特里用低沉的声音说。

坐下。多恩附和。

库珀不理，站着整理筹码。他抬头望望屋顶的摄像头，冲它挥手。他知道它一直在监视他们，也知道它根本没拍到他动手脚。

"你这个笨蛋，你还是孩子。"多恩呵斥道。库珀看着他，听出他真的动了怒。在众目睽睽下，他走向收银台的栅窗，把筹码换成现金。曼西尼从夹层平台俯视楼下，嘴里骂骂咧咧。

库珀猛敲电梯按钮，乘到十一楼，出电梯，转楼梯下到停车场，找寻多恩的车。车前灯不动声色地闪了闪，库珀朝它走去。露丝挪到副驾驶位。"一切顺利？""是的。"车子驶出昏暗的停车场，外面，霓虹灯把沙漠装点得流光溢彩。二十分钟后，他们出了城。

广播里整夜都在播报战争新闻。露丝靠在副驾驶的车门上，望着库珀。平常行事低调的他，已经觉出自己做得太过火,不够理智。露丝用手指轻叩他肩膀,他从开车中回过神。

你知道《苏菲的选择》那本书吗?露丝问。我在广播里听过那个作者。他们问他正在创作什么作品,他不肯说。后来他为此表示抱歉,解释说:"你看,我已经写了一本我能写出的最精深、最渊博的书。我不认为自己还能写出同样的作品。从现在起,我应该尝试写点喜剧。我知道,写喜剧不容易。但至少那是条不同的路。"我喜欢他这番话。他以后的作品,我都读了,但当然,没有一本是喜剧。同样,你也不可能再回到过去。[1]

我知道。库珀说,声音轻得她几乎听不见。

想到凌晨要由她开车回拉斯维加斯,露丝决定小睡一会儿。库珀转动广播按钮,搜索更多有关战争的消息,但都是些琐碎不重要的内容。他明白,以如此精彩的表演,赢得那么嚣张,他不可能再在拉斯维加斯甚至塔霍待下去。"异教徒"第一课就教他要沉住气,不可浮夸炫耀。在老千里,艾索属于自然主义流派,总是装出若无其事的假象。赢了兄弟会,不是靠运气。今夜,多恩将留在赌场,也许会煽风点火,表达对库珀的愤怒。而露丝,会在黎明前把车开回停车场,消除兄弟会人的怀疑。

他们在路边一家酒吧买了杯饮料。回到车里,库珀把钱平均分成四份,把自己那份放进一只西北航空的旧旅行袋里。他们继续开车,还剩最后一程。他摇下车窗,风吹过耳边。忽

---

[1] 作者注:这段关于《苏菲的选择》作者威廉·斯泰伦的对话,参见威廉·斯泰伦的评论。

然,他刹车停住。"怎么了?"露丝问他。高速公路上有只猫头鹰,似乎贪恋路面的热度,不愿离开。库珀绕过它,向前开去。到了托诺帕汽车站,库珀没有立刻下车,手搁在方向盘上,仿佛前方还有几英里路。露丝走到驾驶门一侧,和他拥抱。他将从此消失,和这群朋友永别。他拎起西北航空的旅行袋,离车远去。露丝发动车,从他身旁驶过——按了一记喇叭,把手伸到窗外向他挥别——可库珀不接受这第二次道别。他已经和他们形同陌路。

第二天早晨七点半,多恩和曼西尼到"河流"咖啡店吃早餐,露丝一人坐在略嫌嘈杂的餐厅里。四个穿橡胶长筒靴的女侍应生踏进涨水的人工河里,在大岩石底下摸索昨晚发生故障的水泵塞子。"河流在哭泣。"曼西尼说。他们发觉,"继承人"库珀被剥夺了生活的权利,起码不可能再踏入所有大赌场,也知道在某种意义上,他们三人被永久地与库珀拴在一起。可是没人愿意谈论这些,他们定定地望着那几个女侍应生开心地互相泼水,欢声笑语,不亦乐乎。

吉普赛人

她走在一条开满金雀花的小路上，阳光透过高高的橡树枝，照在她的脸和金色的头发上；想起几天前在这里遇到四个持枪带狗的男人，她加快了脚步。当时，四个人站在树林的一个小岔口，大声争吵，互相吼叫。等她走近时，他们用法语对她暧昧地指指点点，她假装听不懂，心里十分害怕。尽管如此，安娜拒绝放弃下午的散步。她走林中小径，穿过一片空地，然后沿着河走到平坦的公路上，半英里外是德缪村。她疾步快行，到德缪购买生活用品和食物，放在背包里，然后回家。以这样的速度，一个半小时能回到住处。她临时租了一座庄园，起先以为会像城堡那样宏伟，其实完全不是。她从未住过法国城堡，连猎狗，也是那天午后碰见那群男人吵架时第一次见到。

大多数时候，安娜不出门，在餐桌旁伏案工作，研读作家吕西安·塞古拉的手稿和日记。这座庄园是他的故居，安娜觉得自己在与他进行一场跨越时空的心灵对话。因此，每当她从埋首工作中抬起头，总要花上片刻才认出身边同样的走廊和房间——在这之前，她深入到作品背后，醉心于挖掘这位法国作家的生活细节，寻找其中的对应。同事形容她的工作是"把译者的房子翻个底朝天"[1]，她知道，如果从石梯拾阶而上，然后

---

[1] 作者注：引自布伦达·希尔曼诗集《卡斯卡迪亚》(*Cascadia*, Wesleyan University Press, 2001)。

左转，就到作家的卧室。几代之前的法国人可能就站在窗边，一边穿衣，一边俯瞰高大的橡树。

Q夫人和丈夫每星期来一次。她默默打扫屋子，Q先生则检查花园、收拾落枝和清理花坛。他也是村里的邮递员。他们会待一个上午，然后离开。房子没人住时，这对夫妇来得更勤，好像全职管理员。他们开一辆蓝色的雷诺4L，带来国际时事、关于当地政客和各种各样战争的消息。Q先生环视田野，决定下个星期再去打理。Q夫人试着教安娜炖兔肉的基本方法。一大锅兔肉可以够她三天的午饭。

丈夫Q先生边抽烟斗，边环绕着墙内的花园，思考如何修剪树枝。最后，他走到屋后，站在通往后院草地的那扇门旁，从敞开的门里看见安娜或伏案写字，或埋头阅读大部头的书，全未意识到几码外他的存在。他摇摇头，转身走开。妻子告诉他，这个女人来自美国。她站起来和Q先生个头相当，一头及肩的浅色短发，看上去健康有力。她用《新世界法语词典》里学的词，向他询问哪些地方可以散步。Q先生给她画了一张地图，标出最佳路线，跨越小河，穿梭于其他屋舍间。他提醒她关好所有大门。庄园的主人来时，他总是立刻开车出门——去雅文邑一家酿酒厂取福乐克酒，或办别的事。但这位房客与众不同。她满足于待在别墅，没兴趣去城里。每星期他们来的那天，她也许会与他们聊上半个小时，但接着就回到桌旁，继续看书。Q先生知道，她偶尔走到村里去。身为一个邮递员，行走四方的习惯已渗透在他血液里，整天待在一间屋里会令他浑身不自在。她邀请他到后屋，和他一起经过别墅长长的走廊，走进厨房。打开的门通向草地，上个星期他就站在这里看安娜工作，而此时，她递给他一张纸。他为她画了一张清晰的地图，并注明比例尺——工作教会他准确地计算距离，明确每座房子的分界线和河床的位置。他先快速画出长方形的屋子和椭圆形、种植香料的田地，然后绘出周边地形，点明远方的灌木林和鹿苑，排除那些她应躲开的游客聚散地。用安娜的话说，这张地图是个"看守人"，有朝一日，她会给它镶上框，挂在自己旧金山分界街的公寓客厅里，当作一颗记忆内核。在心灵深处的某个角落，她觉得，即使厄运不断，自己总还能够回到那里。

散步时，安娜随身携带地图。自从碰见那四个猎人后，她不穿裙子，改穿了牛仔裤，并把原来九十分钟的行程缩短了十分钟。此时，她走在金雀花的灌木丛间，路面被石块砸得坑坑洼洼，她只得放慢速度。走出小径，脚上粘了刺柏的毯果，散发出强烈的树脂味。她停下脚步，仰望阳光透过树梢形成的斑驳阴影，耳边传来音乐声。

她听见一个女人在唱歌。如果知道有男人在那儿，她就不会去寻访声源了。那歌声充满诱惑。是个女声，一段听起来软绵绵的旋律，随意得几乎不成曲调，但那声音如水般清澈透明。安娜驻足良久，看见一只麻雀在枝头间跳跃，动作笨拙，极不灵巧。她信步向那片空地走去，中途停下来一两次，体会旋律的内涵。

走到开阔的空地上，她看见一男一女，男的坐在一张靠背椅上给女的伴奏，弹的像是吉他。起初他们没有注意到她，但一定感觉到了什么——也许是她头顶树梢间一阵突然的静谑——女的转过身，看见安娜，收起歌声，大步走开，把男的独自留在空地。

法国给了安娜平静的生活，没有人认识她。除了Q先生和Q夫人以外，她不见任何人。作家故居里的一切，也不会唤起她对北美的回忆。她摆脱了工作上的种种——应酬、赶稿、受邀写序——所有现实世界里应尽的义务。住在法国热尔省的这段时间，唯一搅乱她心绪的是在岔路口遇见的那伙带着猎狗的男人，当她经过时，他们语带嘲讽，还对空中挥舞拳头。她怡然自得地住在朴素的乡间小屋，带着漫无目的的好奇心，像开始一段全新的人生。她陶醉于在笔记本上写字和涂鸦的过程，虽然有的内容与研究无关。有时，从桌旁敞开的门外传来鸟儿的啼啭，只要啼声清晰，她会试图把声音记在纸上。翻阅这些心不在焉时做的笔记，里面有一系列莺歌燕语、野蓟和Q夫妇那辆雷诺车的素描。

弹吉他的男人回头看她。为了表示友好，安娜上前与他打招呼。当她走近时，男人只顾盯着她踏过的那片参差不齐的草地。

你好。对不起。

她走来，似乎只是为了打断他，说声抱歉。

不过有一点，她完全不觉得有危险，倒不是因为男人手里拿的是吉他不是武器，而是因为他的神色，好像刚从音乐的避难所被安娜强行拉回现实。距他还剩最后几码，她觉得刚才一路上肯定也听见了他的弹奏，一种下意识的哼唱和拨弄，形成节奏与旋律——难怪在女人的歌声里听不出曲调，因为其实是她在为这个男人伴唱。于是，听到的一切，以完全不同的方式，在她脑海中重演。他才是把她吸引到这片空地来的那个人。

那是把破旧的吉他。靠近后，她看到男人手上被虫叮咬后留下的疤痕。远看整齐俨然的上衣，皱巴巴的，袖口沾着泥，马甲上缺了扣子。双手因弹吉他弹得太多，磨起层层老茧。

她朝女人离开的方向望去，树荫下停着一辆大篷车。

一个多星期前，初到德缪的第二晚，安娜与朋友布兰卡就站在林中这同一片空地上。草坪像个扁平的容器，盛满月光。她穿着一条无袖连衣裙，做了个侧手翻，拔起一些金雀花。金黄色的花朵在月色下洁白透明。除了自己和布兰卡以外，她没有注意到附近有一辆大篷车和任何人居住。布兰卡开车把她送到这里，只待了一天。她是位建筑师，是她通过公司的一位熟人，帮安娜租下这位作家的故居。她们翻越低矮的灌木，借月光钻过树篱分明的空隙，回到庄园。

如果再靠近一点，安娜便会侵入那个弹吉他男人的领地。如果停留在四步之外，则意味一种实际并不存在的畏惧。他看上去有点拘谨，一手环抱吉他，像搂着一条心爱的猎狗。

对不起，打搅了你。可你弹得非常好听。

坦白说，她并不真的这样觉得。只是有种陌生的音乐，穿过树林，传到她耳中。突如其来，出人意外。可能的确优美。她没有完全撒谎。音乐的和弦使一切沉静下来，连昆虫也停止了嘈杂的叽叽喳喳。她望向寂静的树林。

我不知道你住在这里。有天晚上，我来过一次。

他的右手手指划过琴弦,六个音符如一阵微风拂向安娜。他对她微微一笑,弹奏起一段旋律,里面仿佛融汇了各种声音——铃声、鼓声、缺失的人声。

后来他告诉安娜,童年时,他坐在这片空地上,给唱歌的母亲伴奏。他不看琴弦,而是盯着母亲的脸,捕捉旋律的瞬息起伏;唯有她的眼睛,暗示出声音的变化——低吟的椋鸟,悦耳的画眉——坐在母亲身旁的他,捡拾每个音符,像在点数母亲一路经过的一块块里程石墩。对男孩来说,音乐课程像一张网,网住了他周围的一切——田野里的昆虫,树林里变幻多端的天气——他把它当作一份收集而成的礼物,如手掬一捧清泉,献给他的朋友。

一曲完毕,他对安娜说,你没跟着唱,没有参与我的音乐。

不,我只是多余的配角。

音乐由许多部分组成,这是它带给人快乐的原因。

另一位歌手……

安娜不知说什么好,也不知该不该发问。

她从村里来这儿上课。我每周授课一次。你住在那幢带鸽房的别墅?

安娜点点头。

一只蜜蜂停在吉他的琴颈上,男人噘起嘴,把它吹走。它在空中迅速转了一圈,又飞回到吉他上,男人伸出中指把它弹开。蜜蜂受了伤,坠入草坪中。

如果你想知道的话,我叫拉斐尔。

啊,对,啊,对的。庄园的主人向我提起过你。他说,你可能在这儿。安娜向后瞥了一眼。我想,我该走了。

他说可以陪她一起走,却并未径直走向那间别墅。像被奶牛或是空中的乌鸦附了体,他不顾右边几码外有条畅通无阻的小道,领着安娜,跨过灌木丛,在低矮的树枝下躬身而行。至于区别,这条更天然的路线,使他们花了更长时间才回到别墅。身上擦破的伤痕,驱散了空地带来的闲情逸致。安娜对他有些气恼。

站在厨房门边,她问他渴不渴,并在水龙头下接了两杯水,邀请男人进屋小坐。桌上摊满了她的书和纸。男人用右臂把它们稍稍推开,腾出点空间,但根本没去留意它们是什么,而用小偷般的目光扫视屋内。你不曾这样邀请陌生人来家里喝一杯,可安娜已经许久没与人说话了。带着好奇或欢喜,男人全神贯注地望着家具和墙上的照片,把它们铭记在心,那眼神,与凝视安娜时一模一样。然后,他又把视线转到捧在手里的红色搪瓷杯上。

在一些人眼里,我父亲是个小偷,他说。男人似乎从安娜看他浏览屋子的目光中,猜到了她的心思。但他从来不偷邀他进屋的那些人家。

盗亦有道。安娜及时做出反应,表现出轻松自如的神态。

我也这么认为。不过,他的同行还是教会他识别物品的价值,而他传授给了我——虽然我对那些东西不感兴趣。例如,在我看来,这间屋里最珍贵的是这张蓝桌子,可也明白,其实它一文不值。

你父亲住在附近吗?

他不是法国人。但战后他没有回祖国,而是遇到了我母亲。他在战争中负了伤，后来组织了一小伙人，到别人家小偷小摸——那个词是"偷"，对吧？战时生活艰难，我想他这么做的原因，是觉得每个参战的人付出了很多，却没有得到应得的。

所以他是个"梁上君子"，一个古雅独特的说法。你说你叫什么名字？

拉斐尔。

你的父亲呢？

……从不希望我成为小偷。

你的母亲呢？她也是个小偷吗？他冲她咧着嘴笑。他们是在一次行窃中认识的吗？

差不多。他们在狱中相识。我母亲在警察局做兼职。虽然我父亲上了年纪，但我相信，是他迷倒了母亲。我能再要点水吗？

当然。安娜拿起红搪瓷杯往水槽走去，边走边说，有一天，我在这树林里遇到几个陌生的猎人。

可怕的人啊，到处都是，就像我一样。

安娜笑了起来。

这里有座大菜园，是不是？我想看看，可以给你做点吃的。

走出那扇门就到。随便采……

安娜站在污迹斑斑的镜子前，洗脸洗手，用一块冰冷的湿毛巾擦拭双腿。然后，她走进菜园，看见拉斐尔一边抽烟，一边打量菜畦。

那几个猎人是谁?他们是村里来的人吗?

这个问题我回答不了。我们各走各的,井水不犯河水。

这么说,即使你知道也不会告诉我了。老实说,我真被吓死了。

安娜说话时,拉斐尔从夹克的内口袋里抽出一条绿手绢。出门时把它绑在手臂上,就安然无事。

她接过手绢。

你父亲是英国人吗?你的英语……

我父亲英语说得很好。

他来这儿吗?

有一阵子没来了。

哦,如果来的话,我一定请他来这坐坐。

拉斐尔蹲下身,把掰下的豆荚递给安娜,扔在她摊开的那块绿手绢里。

你有牛肉吗?

我把豆荚拿进去,安娜说,然后切几条肉。

几分钟后,拉斐尔回到屋里,从口袋里取出迷迭香和四颗无花果。他把大蒜切片,开始动手做沙拉。

那么,你是怎么脱离偷窃的生活——和你迷人的父亲?

安娜把这个敦厚结实的男人,当作童年时的老朋友。他正在用弹吉他的手指,把西红柿切成块。原先横扫房间的凌厉目光,此时安详地投在安娜身上。他在这间房子里一点不觉得尴尬紧张。一举一动,自然放松。他们一起吃了午饭。几天后,安娜第一次与他上床,他的犹豫,令安娜吃了一惊。他既不退缩,也不主动。餐桌上的熟稔,变成羞涩和可能的畏怯,好像以前被什么灼伤过。他们什么也没做，只是相拥而卧。他的肩膀感受到安娜的气息，看到她上臂的一粒黑痣，这已使他心满意足。他想着那粒黑色小圆点，沉入梦乡。

显然，他不是自视过高的人，坦承自己腰围粗大，体弱虚胖。最后，两人终于圆满完成了一次做爱，彼此都得到满足（起码安娜这么认为）。拉斐尔站起身，光着身子跳了一下，活动小腿，然后悠悠走到窗前，点燃一支烟，向外眺望，毫不介意阳光照在赤裸的身体上。后来，他向安娜提及，他并不在乎自己映在窗上的"身影"。安娜没见过像他这样内心明净的人。不过他告诉安娜，以前有过一段恋情，令他将自己完全封闭起来，差点从此一蹶不振。事实上，和安娜在一起，是他第一次走出内心那片阴影。世界上肯定有和我们一样的人，安娜说，为爱所伤——那似乎是最自然而然的事。

他告诉安娜，他为那段情作了一首歌，现在已不再演奏。歌曲讲一个女人在半夜里起床，离开了他。他听说她出现在北方的村庄，可得知时，她已经走了。直到那时仍无法敞开心扉的拉斐尔，唱起这首描述永无止境的追寻的歌。粗硬的手指在吉他上拨出心弦。他为那些年和他音乐一同成长的人们演唱，他们熟知拉斐尔躲避镁光灯的技巧。以害羞和狡黠出名的他，此刻却向友人们袒露受伤的自己，"如果你们谁在路上看见她——请对我大声呼喊，吹口哨……"[1] 每当唱到这里，观众习惯性地用喊叫和口哨声呼应。在这首直抒胸臆的歌里，他无

---

[1] 作者注：引自鲁比西尼奥·罗德里格所作的歌曲《喜爱》(Um Favor)，事实上，是这首歌激发了这本书的创作。

处藏身，反而可以毫无虚饰地流露真情。一唱一和的互动，令他觉得好像不再是在舞台上表演。

在和安娜上床前，他没有期望安娜会对他动心。共进午餐看起来并无示爱的意思。他们在楼上房间共处的第一个下午，也只有类似的友善，谁也没有爱上谁。两人的关系中，没有重大或决定性的转折。他们相拥醒来，面对面，呼吸对方的气息。在如此近的距离里，有股芫荽的味道。他酷爱芫荽，几小时前他们吃了拌有芫荽的沙拉。他的口袋里总是放着几种香料，罗勒或薄荷，这使他可以随时撕点面包，凑成一顿饭。

第一天，安娜上楼洗澡，他待在屋外，出神地望着院子里碧绿的菜畦。地上有个很深的坑，是一个世纪前用来给牛蓄水的池塘。他走进去，立在坑中，橡树庞大的树冠遮住了阳光。他伸开四肢，躺在草地上。当安娜从窗口张望时，他像消失了一样。

拉斐尔把周围一切视为身外之物，这是安娜对他的第一印象——他用手指轻轻摘下树叶，像三天后轻柔地握住安娜的手腕那样。黝黑的手指，几乎连皮肤和脉搏都没触到。她一直低头看着他指节上的一道疤痕，不对他的举动做出反应，被掳获的芳心越跳越快。她幻想着从这双疤痕累累的手中，流淌出美妙的音乐。直到他松开手，她才把脸埋进他胸口，衬衣口袋里装着罗勒。跟我来，安娜说，小心脚下。他们登上可容三匹马通过的石梯，经过走廊，来到安娜的小卧室。她弯腰打开电暖气，等待三道红线出现。

看到拉斐尔一本正经关上身后的门，安娜大笑起来。拉斐尔耸耸肩。

这是你们"高卢人的习惯"?

高卢人?他一脸茫然。

高卢人!你知道这个说法吗?

"什么说法?"拉斐尔又耸了耸肩。我们在一幢大房子里最小的一间屋里,他说,这算一个理由吗?

你不喜欢这间房?

不喜欢,他说,虽然我们应该占据尽可能小的空间,但这里太小了。

其他房间大得令我发窘。

拉斐尔坐在床上,望着活力充沛的她,高挑、挺拔。深色牛仔裤,蓝衬衣,袖子卷起,露出小麦色的手臂。他注意到墙上挂着一面低低的镜子,还有个矮矮的水池。

这是间儿童房。

* * *

现在,安娜渴望待在这个"尽可能小的空间"里。只有在这样的地方,她才找到人生的真谛。曾几何时,她需要躲在陌生人的世界里,才能回首年少的疯狂。赤裸的她,身染鲜血,站在库珀与父亲之间,那一幕暴力凝固在她记忆里,无法抹去,并彻底改变了她,改变了他们所有人。从此,她对愤怒或凶暴的人保持距离,同时也对真正的亲昵心存惧意。她隐瞒过去,谈论家人时,她从没对恋人或朋友(总是她在发问)提起过自己的童年。库珀遭受痛打,她把玻璃刺进父亲的肩膀,企图杀了他。即使现在,她的思绪仍无法坦然回到那个下午。一道黑墙挡住了她。但她知道,那件事毁了他们,包括克莱尔。她想象克莱尔骑马走在内华达山区,手腕上系着小铃铛,提醒动物她的到来,对可能的危险一清二楚。正如她,埋在故纸堆里,一遍遍发掘丝丝缕缕与自己无关的过去,因为它们总在原地,不会消逝。

她和拉斐尔之间相敬如宾,彼此小心谨慎地交往。他们发展友谊的方式,像中世纪孤苦伶仃的人,在步入婚礼殿堂或奔赴战场前一晚聚到一块。因此,安娜没有察觉到,拉斐尔表现出的散漫与他性格不符(撇开几天前当着安娜的面,他用手指精确地把蜜蜂从吉他上弹开的举动不论)。而拉斐尔对安娜更是一无所知。她是谁?这个把他领到这间斗室的女人,屋里放着她的大部分家当——书本、期刊、护照、一张精心折叠的地图、档案磁带,连香皂也是她从另一个世界带来的。这井然有序的一切,仿佛就是她这个人。其实,我们爱上的只是幽灵。

刚到德缪时,安娜看到三只雄鹰低飞过薄雾迷濛的原野,捕食猎物;观察画眉鸟和黑鹂在杨树上栖息,看漆树长到房屋的围墙之外。一天走过田野时,她看见草地上晾着邻居的床单衣服,旁边停了一辆独轮车。她猜,一定是这辆车把洗好的衣物运到那里的。后来有一次,她坐在餐桌前打盹,一只绿蜥蜴爬过她手掌。她在古老的手稿里读到,这片地区的行吟诗人以模仿鸟叫出名,逼真的程度可能最终改变了鸟儿迁徙的自然习性。Q夫人告诉她,一有入冬的迹象,她丈夫就会用稻草和麻布把水泵以及露台上杏树的树干和矮枝包裹起来。

这些细节建构起作家一生部分的背景。她知道,欧洲的一切都可以与历史或文学挂起钩来。贝桑松因《红与黑》里于连·索黑尔就读的神学院而声名显赫。那座粗陋的石头建筑依旧巍然耸立。黄昏时分，附近树林飘出白柠檬浓烈的酸味。许多城镇和乡村，与巴尔扎克一页页的作品连在一起。昂古莱姆、圣朗日、索城。科莱特在回忆童年时，这么写道："我出生在巴尔扎克笔下——他是我的摇篮、我的森林、我的旅程……他编造了一切。"后来，科莱特创造了属于她自己的地标，她的出生地圣-索沃尔-昂-皮赛。诗人吕西安·塞古拉住在加斯科尼，小说里达达尼昂的出生地。他留下奇特的诗歌和小说，从人间蒸发。

安娜收回凑近橘百合的脸，看着蜜蜂忙碌地采撷花粉。一五六一年的某天，在这儿或远处的教堂，它的先祖肯定同样爬过一整枝菊苣花茎。教堂的看守人骑车经过，打开大门。一定有只蜜蜂在那儿聆听天主教音乐，目睹司事到来。微小的事物把过去带入现在。怒放的百合，低垂枝头。在十字军东征路上，狮心王理查可能碰到同一朵百合，在抵达南方的吕贝隆前，呼吸与安娜一样的花香。

和拉斐尔相识几天后，安娜发觉他对周围环境知之甚详。通往墓园路上有两排菩提树，他从小就能说出它们的高度，走在其中，如置身于巨人间。他带安娜回到两人相遇的草地中央，告诉她，那位作家是在这儿溺水身亡的。以前这里是一个小湖。

小时候，天未破晓，拉斐尔爬出父母的大篷车，站在一辆马车上，观察原野上光线的变化。和安娜睡在一起的第一晚，他从床上起身,离开斗室,在黑暗中迈下楼梯,然后穿过夜幕下的田野。风吹得草地沙沙作响,在伸手不见五指的空地上,他凭借树叶的飒飒声,判断方向,笔直地朝篷车走去。

你去了哪里?安娜事后问他。回家去了?

是的。

我可以和你一起去。

床铺很窄,你会睡不习惯。

那可以睡在外面。

也许,有一天。

黑夜赋予拉斐尔一种无形的混沌,里面的每样事物都有一个目的。黑暗像一种隐秘的音乐语言。有的夜晚,他连挂在篷车门口的油灯也不点,拿起吉他,另一手提一把椅子,跨下三级台阶,坐在空地上。"我不是在工作,现身而已"——他想起吉普赛爵士乐手让果·赖恩哈特唱的这句歌词。一名伟大的歌手从暗处徐徐走出来,然后成功消失在他的歌艺中。和许多音乐家一样,登场的是他的替身,像十八世纪的国王亲临城邦,用山上的熊熊火焰和隆隆钟声,传达他越过边境的信号。而拉斐尔连面也不露。昆虫在身旁飞舞,潺潺的水声萦绕于耳,他像与夜色融为一体。摊开手掌,弹出和弦来回应,仅仅是应和。他还没有向前迈步。那是他生命中的夏末,这一年,他遇到了安娜。艺术是项捕捉灵感的工作,收集需要的一切,用来创作一首简单的歌曲。他对自己能否重回这样的状态没有把握。目前来说,融化在夜色中,已经足够。或凭记忆弹奏一曲音乐大师的老歌,可能是他母亲喜爱的,可能是陪父亲散步时听他吹过口哨的,因为父亲总是低吟和吹奏同一首特别的歌。过去，拉斐尔从一个村庄流浪到一个村庄，索取演出报酬。他既创作歌曲，也窃取别人的和弦，删去一首老歌的结尾，只借用中间主体部分——现在，他开始爱上在这无人之境演奏。你能否把生命浪费在天赋上？如果不利用天赋，是不是等于辜负了自己？

那天早些时候，安娜走到他身后，把一副 CD 唱机的耳机偷偷挂在他耳朵上。他记得，当时自己正在剥腰子。音乐简洁得几乎只剩骨架，像一张空空的列表，或一幅素描。他知道作曲者，但不知道曲名。"巴赫，"安娜说，"后期的巴赫。"他一边沉醉在这浑然天成的音乐丛林中，细心聆听，一边看刀锋梦游般缓慢移动，切过内脏，再切蘑菇，然后在锅里撒上一点白兰地和干芥末。音乐家欲言又止的姿态和情感好像斑鸠断断续续的会话。

现在，他用掌心长满茧的手，给吉他的琴弦注入生命，听它发出的声音。与音乐比邻的仍是音乐。夜风钻进他的外套，吹在他脸上，一切凝然不动。

和我讲讲你父亲，安娜说。

哦……

他是你生命中很大的阴影吗？你告诉我，他在抢劫警察局时，遇见了你母亲，是吗？

他没有真的打劫警察局，只是想从里面关押的一个犯人身上取些东西，但这难度更高。

他要抢劫一个狱犯？那狱犯不会是他的朋友吧？

那狱犯身上的东西，对我父亲的一位朋友很重要。我不知道原因。

那他的朋友在哪儿？为什么他自己不动手？

她是个女的，也是名狱犯，关在同一座拘留所。不过那里通常只关男犯人。

明白。

有时那里的女犯人数超过男犯人。但那次没有。

这么说，你母亲在警察局工作。

是的，狱卒去吃午饭，她代班看守约一小时。按理，她不该接近任何犯人。但考虑到一旦发生火灾，所以还是给了她监狱的钥匙。那是比利时边境上的一个小镇，监狱里没什么重大罪犯。父亲只是要从其中一名犯人身上偷点东西，但仍将是个不小的挑战。

然后呢？

他穿了一套制服——其实是假的——走进警察局，身后背着一条水管和一只箱子。他对看守人说，对不起，他迟到了。"我应该早点到的。"他说，"我得加快动作，今天还要去另外三座监狱。"我母亲坐在办公桌旁，全然不知他在说什么。没人和她提过会有人来。他拿出一叠夹了复写纸的表格，放在桌上说："我完成后，你必须在这里签字。"那时战争刚刚结束，很多繁琐的规章制度还没恢复。"都是男犯人，对吗？"他问。母亲告诉他，这里还有一个女的。他装出一副担忧的样子，"那我可能需要你的帮忙才行。"

他告诉我母亲，他要用DDT给监狱消毒，用水冲洗每间牢房，包括犯人。所以，犯人们需把全部私人物品和衣服拿出牢房，以免被泡在水里。"泡水？"母亲问他这是什么意思。"受潮，受潮，变湿，好像发洪水。""啊，明白了。"

明白了，躺在拉斐尔身边的安娜重复道。

于是，我父亲对男犯人们解释他要做的事，由我母亲去通知那名女犯人。他们必须脱个精光，把衣服扔到铁栏外面。我父亲（那时他还没做父亲）把所有衣服拿到管理办公室，然后回到牢房，喷洒DDT，主要为了除虱——他告诉犯人们，这片地区爆发了严重的瘟疫，还在蔓延，另一座监狱已经死了两个人。床单、书、报纸都被拿走了。冲洗完空无一物的牢房，他开始前后清洗犯人的身体，然后要求他们静立十分钟，再去穿衣服。

与此同时，母亲让那名女犯人脱去衣服，也把它们拿到管理办公室——我父亲将检查衣物上的虱子，在上面撒些DDT粉，但他不需要冲洗女犯人的身体，理由是，说来奇怪，这些虱子不寄生在女人身上——母亲觉得有些离奇，但既然这个男人这么说，应该没错。父亲搜遍每件衣服，从男犯人的口袋里找到那张关键的纸条或是什么，放进女犯人的鞋子里。每个犯人拿回衣物，回到牢房。父亲感谢他们的配合，并告诉女犯人，她的衣服上有三只虱子。他和母亲握了握手，走出牢房。

他让母亲在表格上签字。显然，她需要填上年龄、职业、住址。后来母亲告诉他，她是个"流浪者"，所谓的茨冈人、吉普赛人。当然，警察局的守卫不知道这些——如果知道的话，他们根本不会允许她在那里工作。她没有真正的住址，只有一个大概位置，在靠近小镇的西南边缘。他们一家人住在大篷车里。就这样，我父亲认识了这个谜一样的女人，阿莉亚。

没人觉察到发生了什么。狱卒回来后，闻到消毒剂的味道，掩起鼻子。也许二十四小时后，会有犯人发出抗议的叫喊。但到那时，我父亲已经在向"阿莉亚"——他从填好的表格里得知这个名字——求爱了。战争结束后，他从意大利北上，来到比利时，这里弄钱更容易。他在战争中负了伤，但现在似乎又重操起违法的旧业。

所以他留下来娶了你母亲？

他们从未结婚，不过是的，她是他的妻子。他与她一起住在大篷车里。母亲告诉我，他还有另外一个妻子，战前娶的。但她只对我提过一次。对大多数人来说，战争是道深渊，把生命分割成前后两段。许多人不打算回到过去的生活。

这是个不错的借口：战争。

没错。在这个事例上，是他被我母亲迷住了。她比他年轻许多。我父亲从来不是个心胸狭窄的人——毕竟，他是个小偷，相信财物应该"共享"——但他放弃了一切，开始依照我母亲想要的方式和她一起生活。他们有一套严格的道德准则。

所以，阿莉亚……

对，阿莉亚，和我的父亲。

转过来，看着我……这些都是真的吗？

印象可能有点模糊。但这就是我父亲，一个 DDT 检查员与我母亲相识的过程。

我猜，还有很多关于你父亲的故事。

哦，是的。整整一个月，在警察怀疑那个大篷车部落期间，他一直男扮女装，直到警察放弃调查。那段时间，他简直像做了变性手术。年轻时他坐过牢，后来没有再回去。

这不能怪他。

是的。不过他害怕进监狱的真正原因,是嫉妒其他对我母亲有意思的男人。就我所知,母亲对他始终如一,从没背叛过他,可谁知道呢……

阿莉亚,安娜重复着这个名字,像在咀嚼着其中的滋味。

消毒完毕,我父亲发现离狱卒回来大概还有十五分钟。于是,他坐在这个年轻漂亮的女人对面,试探地问她,什么时候可以再见面。她低头在看一些卡片。他望着她的手把卡片翻来覆去。乌黑的头发,用一条几英寸长的绿丝带绑在脑后。她一声不吭,把一叠塔罗牌放在桌上。我父亲切过牌,抽出一张,摆在旁边。他不懂那些牌的意思,看着母亲把其他牌放在他抽的那张周围,让他再选一张。母亲优雅的脑袋上方,挂着一面钟。他望了一下时间。"原谅我的失礼,但我必须走了。"她没说什么,继续把牌移来移去。父亲开门溜出去时,她只报以轻微的点头。

她知道,还会再见到他。比起抬头多看一眼这个男人的面孔或他古怪黝黑的双手,此时面前的塔罗牌,对她重要得多。从窗下走过时,男人向屋里瞄了一眼,只见她身子弯得更低,在专心研究塔罗牌。

第二天晚上,他到大篷车里拜访她。母亲从头到脚打量了他一番,确定符合自己的要求。她看出父亲骨子里潜在的一点忌妒心;也许战争使他渴求太多的安全感。

在决定为阿莉亚背弃前妻的同时,他要求阿莉亚不可以背叛她。坐在狱卒办公桌前,阿莉亚沉默不语,没有作出许诺。她拒绝用一种永久的协议排除命运的偶然,这不可能。从道德伦理的角度讲，父亲也没有资格和她谈判。在他们共同生活的多年里，母亲一直对他若即若离，不让这个突然学会珍惜的男人高枕无忧。

拉斐尔没有把父母全部的故事告诉安娜。比如，即使到了七岁，他仍会躺在母亲身边，伸出双臂抱住她，像男孩理直气壮地把狗抱在怀里那样，把她当作万物的中心。二十岁时，他仍当着母亲的面脱衣，和她一起在河里游泳。因此，对他来说，赤身裸体是件很自然的事，诚如那次，安娜看到他倚靠北窗，盯着手中香烟冒出的烟圈，聆听鸽子的咕咕叫声。这些鸽子在房子的断壁残垣中筑窝而居。如果安娜问他，他也许会，也许不会，向她解释母亲如何隐藏对父亲的忠诚，像一条壕沟，没有人能有把握跨过去——母亲身上，始终混合着小心翼翼的谨慎和不加掩饰的欲望。她会在父亲耳边喁喁私语，然后用吻把话锁住，这样，他就永远不会把秘密泄露给别人了。

你很幸运，你有母亲，有这样一位母亲。

我明白。

拉斐尔觉得，自己只是把数年前靠在阿莉亚身上的脸，移到了安娜温暖的怀里。

* * *

安娜早早起床，开始翻译桌上吕西安·塞古拉零散的文稿。虽然他是位诗人，后来还写了一部记述一战血泪的巨著，但他生前默默无名，去世后，有关他的传闻和往事统统化为这块土地的云烟，几乎无人还记得他。安娜对这些陌生的历史人物深感兴趣，在她看来，他们的存在像地下河一样不可或缺。她在这间吕西安·塞古拉最后居住的房子里醒来，独自一人躺在床上，然后起床煮咖啡，八点开始工作。直到中午一两点，拉斐尔穿过田野，来给她做午饭，她才想起他。对她而言，拉斐尔是个"漂泊流浪的异邦人"[1]，可能反之亦然。下午，他们依偎在安娜狭小的卧室里。拉斐尔对这座屋子的内部依旧充满好奇。事后，他会半裸身体，走进其他房间，浏览绘画，打开以前的衣橱，从楼上窗户俯瞰林荫大道。

一次巡视中，他在走廊听见流水似的沙沙声。声音是从天花板上一个密闭的阁楼里传来的。他从别处搬来一架梯子，从天窗爬进阁楼，里面空气浑浊，弥漫着浓重的鸟味。他没穿上衣，背上沾满羽毛。小时候，他知道，这座屋子附有一间鸽房。经年累月，鸽房和阁楼间的墙有一部分坍塌了。鸟儿在阁楼里频繁地进进出出，飞来集聚于此，在入口稍作停歇，旋即飞走。拉斐尔从未希冀自己变成一只鸽子，但许多时候，他羡慕鸟儿能在山川上空翱翔，身姿矫健地俯冲向灌木林，从高空、一个人类看不见的秘密入口，倏忽飞进森林。你在空中感受到地面万物的渺小、声音的流动、马车的嘎吱声、杏树林里升起枪口冒出的白烟，它们如同安娜在厨房放给他听的音乐，隔空传达出恰是生命本质的音符。

拉斐尔安静地站在屋子中央，他知道从那个面包盒大小的洞孔会看见什么。德缪东边树木繁茂的山谷，马泽尔的树林，许多年前安葬母亲的地方。葬礼寂然无声。他和父亲掘开土

---

[1] 语出莎士比亚《奥赛罗》。

地，其他四人在一边旁观。等母亲入土后，大家离开坟墓，像马车轮上的辐条，往四面八方散去。每个人带着自己心目中鲜明的阿莉亚，不愿与人分享，也不愿在集体记忆中使它模糊。大家都一语不发，有人要拉斐尔弹奏一曲，可他没有；事后，当思念占据他心，当满脑子都是母亲时，他会弹起吉他，化身成母亲。诚如他的父亲，把阿莉亚身上以前令他潜意识里感到不满的品质据为已有。他们用这样的方式，把她留在身边。他几乎能看见森林里那片埋葬母亲的空地。那天早晨，去世的她在人间做了最短暂的停留，不到三个小时，他们就把她埋入土里，仿佛大地是一叶催人登船的扁舟。他们把她带到她生前最爱的这片土地。那时约莫清晨五点，鸟儿狂乱地盘旋在他们周围，像是母亲的告别。

拉斐尔转过身，顺着阁楼的支架往回走，觉得听到安娜的叫声。他把头探出长方形的天窗，发现安娜移走了梯子，一丝不挂站在下面，嘲笑他。他把腿伸下洞口，用手抓住洞的边缘，身体悬挂在空中。安娜见他不打算向自己求助，便赶紧主动去搬梯子，可拉斐尔已经从十五英尺高的天窗跳了下来。

安娜站在原地，进退维谷，好像在舞台上全身走了光，怀里抱着把梯子。拉斐尔围着她，缓缓地绕了一圈又一圈……

你身上沾了羽毛。

我沾了羽毛，起码有点东西蔽体。

我们去洗个澡吧，我把它画下来。

不。去河里。就现在这样。那里不会有人。只要穿过草地，就到树林里了。

他长满茧的手指又一次圈住她的手腕。于是,她跟着他下楼,从厨房走到外面的后院。

下次不许把梯子搬走。

噢,我会的,下次。

那是条仅可供鲑鱼洄游产卵的浅溪,他们必须仰面躺在鹅卵石上,才能使身体全部没入水中。她看到水流勾勒出拉斐尔头发和肩膀的轮廓,他的身体仿佛变了形。这是第一次,安娜在心中默念,可马上意识到,和拉斐尔在一起,她经历了许许多多第一次。第一次赤身裸体地在走廊里奔跑,即使现在手腕上还留有被他轻轻握住的感觉;和他睡意蒙眬地做爱,激情、好奇、亲昵,混在一起,没有明显的界线,与她以往狂热却自私的恋人们截然不同。

然而,他在安娜面前收藏起自己其他的面目,似乎希望在某种程度上,仍保持陌生人的疏离。为什么会这样……除此以外,他是一个这么慷慨豪爽的男人?这些从事艺术的男人,像十九世纪的植物学家,虽然博学执著,但只对周遭世界流露出职业性的喜好。

可是第二天,站在草地上,拉斐尔邀请安娜去他的篷车。安娜犹豫了一下,觉得这个举动表示出他对两人关系的一种承诺,即使是试探性的。那里隐含了太多关于他的信息——他的家,或是过去的缩影,或会预示可能的将来。安娜对挑明关系的迟疑,被拉斐尔解读为羞涩、矜持,或者不想进一步发展的愿望。在某种意义上,这其实没错。安娜同样戴着陌生人的面具生活,心底埋藏了层层秘密,住有"一群"安娜。那个在不知名河边与拉斐尔并肩而坐的安娜,那个在柏克莱教课、讲授大仲马的合作者兼情节搜集助手之一的安娜，那个走进旧金山托斯卡咖啡店或在加利福尼亚街泰迪奇烧烤屋就餐的安娜，都非同一个人。

她站在那里，望着草地中央的拉斐尔。为什么不愿去参观情人的家？毕竟她对此好奇已久。她是多么渴望看到拉斐尔的身影在那个箱子般的家里走动，它原属神秘的阿莉亚所有。可她知道，这段恋情只是短暂的罗曼蒂克，不可能天长地久。她想与他一起爬上那张狭窄的小床，把手臂撑在窗台上，俯视拉斐尔沧桑的面孔，缓缓把头靠向他散发罗勒香味的胸膛，紧挨他的心脏。

安娜最珍贵的财物之一是张古老的感情地图，有个甜美的名字——爱之地图，形状与法国的疆域一样。它是由一个世纪前的女性共同创作的。那时，男人们正热衷勘探地形，绘制地图。但在这张综合了各种情感的地图上，小心回避了性爱，只把北方一片草木丛生的区域标注为"未知之地"。不过时代变了。当她挣够学费，报名大学法语课程时，系主任告诉她，学法语的最佳办法是找个法国情人。

不管在彭塔卢玛农场的两个月，安娜与库珀之间发生了什么，他们对彼此并不了解，却在其中发现了自己，从而学会了适应这个世界。可是许多年过去，安娜依旧单身，从未和谁发展过一段稳定长久的恋情。她悄悄走近情人身旁，好像当年在库珀的露台上，暗中因找到自我而兴奋得满脸通红。所以，在她与恋人之间，总是存在并可能永远存在着曲曲弯弯、没有标志的道路。眼前，那张法国形状的感情地图依旧有效，它诠释了感情的潜台词、人与人之间错综复杂的交往和不可言说的权力平衡。在感情的迷宫里，人们仍需谨慎三思。

安娜坐在拉斐尔简陋的床上，旁边摆着那把神圣的吉他。
所以，这就是你的家。
是的。
没有书。
没有。
没有照片。

他拿出一张阿莉亚的照片，安娜在照片里搜寻她从拉斐尔故事里提炼出的那个人。她的脸上有种古怪，这是安娜没有预想到的。

你父亲呢？你有他的照片吗？
起初他没有回答安娜的问题。

我有一张他的照片，不知放在哪里，可你看不清他的脸。他不喜欢照相。他说，你被摄进本子里，永远别想出来。如果要申请护照，他会用别人的照片，找个和他年纪相仿、头发颜色相近的人。没人长得像护照上的相片。你呢？你有姐妹吗？如果需要的话，你也能用她的护照。

我没有姐妹。
你没有？我以为你有。
她摇摇头。

她又一次对情人撒谎。她有一个妹妹，有一段过去。她不会告诉他。可能以后，如果她鼓起了足够的勇气。她父亲像把利斧那样攻击库珀，她跪在他身旁祈求让他恢复呼吸，哪怕是胸口微微的起伏。从那一刻起，她的人生分裂成无数碎片，有了一个新名字，和一百张面具及不同的声音。她嫉妒身边这个男人，他像坐在木屋地上的库珀一样，紧依安娜。他的人生看起来那么单纯无瑕。还有他父亲和阿莉亚幸福的传奇，令安娜艳羡不已。或许她需要一个像拉斐尔这样知足的男人，向他倾诉自己的过去。

拉斐尔，在你所有的故事里——告诉我，难道就没有一点可怕骇人的事吗？

噢，有许多。许多事情改变了我。与一个女人的一场恋爱使我变得沉默。住在你租的那座房子里的那位作家，还有那群驴……

对，我指的就是这些。

拉斐尔十七岁时，第一次遇见一个女孩。星期五晚上，他准备步行几英里去镇上，和女孩到桥边野餐，然后一起看电影。他仔细摘了几朵金盏花，由于快迟到了，所以决定搭便车。他以为当晚只可能发生一种情况，相信自己一定不会在一个异性面前丢脸。只要有一个小地方出错，他就会注定孤独终老。他也许已经罗列了一百种可能出错的危险。十七岁，是个追求完美的年龄。

他走下林荫路，一听到汽车马达声，就伸手召唤，可没人停下来理他。最后，终于有辆胖鼓鼓的雪铁龙肯载他。前排坐了两男一女，他向货车背后走去，打开后门，穿着洁白的衬衣和笔挺的长裤，踏进漆黑一片的车厢。车子开动，三块形状不明的物体把他推搡挤压在中间，原来是三头驴。那是他一生中最漫长的一段路程，安娜坚持要他把每一秒的细节都复述出来，还有接下来的约会。

约会，他用法语说道，根本没有发生。车把他送到镇上的喷泉边。女孩飞快扫了他一眼。他衣衫不整，步履踉跄，鞋子进了水，上面还有驴粪，手里仍握着七八支金盏花的残枝——努力摆出高贵的样子。在雪铁龙车里，他竭尽全力保护这束花，尽量把它举高，任身体被驴子挤得东摇西晃。从蒙特立科一出发，它们就被关在车厢里了。

这件事里最糟的是什么？安娜问。

最糟的，嗯，女孩说完"父亲生病，我要回去"就走了，我在喷泉里洗了手和脖子，把鞋上的屎擦干净，然后孤身去电影院看迦本[1]。看完电影，我沿黑黢黢的路走回家。明朗的夜空舒展了我的心情——我感到饥肠辘辘，于是买了面包和香料，边走边吃，心头有种如释重负的别样的快活——接着，最糟的事发生了。等我回到家，全德缪村的人都知道了发生的事。即便现在，只要一提起"驴子男孩"或"雪铁龙的故事"，他们就知道说的是谁。

时过境迁，拉斐尔在讲述这桩意外时加了一层不经意的自嘲。他说，我试图幻想，看《衣冠禽兽》[2]时，用那驴气冲天的手触摸她光洁的腰，或十六岁的肩膀。我习惯了进教室前模仿几声驴叫。一个月后，期末考试时，突然传来一声真的马嘶，同学们爆发出大笑，甚至欢呼起来，连老师也会心莞尔。

此后四年，我没有再和女孩"约会"过——后来发现，最

---
1 让·迦本（1904—1976），法国老牌电影演员。
2 《衣冠禽兽》是让·雷诺阿导演的电影，由让·迦本主演。

坏的事都已经发生过了，于是又满不在乎地和女生交往，是同龄人中最不紧张的求爱者。但那四年中，我自我放逐，专心致志在吉他上。我的事业还要归功于一束金盏花和三头驴子。

由此，拉斐尔发现了音乐的秘密，它隐藏的和弦，所有那些戴着假面的故事。从那时起，冲突成为他艺术创作的一部分。处在父母关切的包围中，他意识到必须保护自己音乐的私密性。他仍是那个贪玩可爱的儿子，可母亲留意到，在篷车里聊天时，他很容易走神。他找到了自己的嗜好，有了自己的"紧急出口"，遁逃出这个世界。他坐的椅子，像一匹飞马，带他驰向未知的远方。

谁传授给他这个秘密？有次，年轻的音乐家拉斐尔目睹一对舞者在众人还没取出乐器前，先跟随录制好的钢琴曲，排练起自己的舞步。音乐像一道屏障把他们与别人隔开，关在自己的世界里，精心准备，无人打扰。他还忆起别的——当安娜问他是否认识那位作家时——小时候，他在花园里和那位作家度过漫长的下午。深洞里摆了一张桌子，这里以前是个池塘。老人坐在桌旁，面前摆着一个本子、一支钢笔和墨水，但并不动笔书写。拉斐尔找来另一把椅子，走进坑里，坐在老人旁边。树上传来鸟儿的歌唱。作家问他，外面的田野上发生了什么，拉斐尔告诉他——篝火、耕种、对付鸦群。父亲雕刻了一只木乌鸦，把它钉在围栏上，然后拿刀狠狠刺它，并发出令人毛骨悚然的叫声。他称，这样可以把乌鸦赶出花园。我明白，桌旁的老人应声道。他的目光越过湖面，向那片热火朝天的地方望去。拉斐尔经常来看他，坐在大橡树底下的蓝桌旁。

老人说，唯独在写作时，我才会思考。坐在桌旁，一个本子、一支钢笔，我便迷失在故事里。这位年迈的作家一脸平和，无意中给拉斐尔提点了一条可能是他自己走过的路，并教他怎样能够安于孤独，躲开所有相识甚至钟爱的人，通过这种奇特的方式，充分了解他们。在某种意义上，这个避世的做法并不容易办到——怎么打发那些与世隔绝的时间——但不管怎样，它可能拉近心灵的距离。老人自己就是一个例子，独居在忙碌而拥挤的虚构世界里。这是作家与拉斐尔最后谈到的几件事之一。

* * *

凌晨三点。拉斐尔从挂钩上取下油灯，走到车外。草地上有两把椅子，他把灯放在其中一把上，点燃灯芯，然后把自己的椅子移到光线照不到的地方。他坐在那儿，双手抱膝。

出来前，他在漆黑的篷车里听着安娜的呼吸声。她张开手臂，舒舒服服占了整张床。虽然她身材比他苗条，但习惯了美国人对空间的要求。熟睡中的安娜，回到属于她的世界，那里连她自己都觉得陌生。拉斐尔又变成独身一人。这是他的夜晚，毫无睡意，原野四周树声婆娑，月光朦胧。他，身单影只。目光最后一次落在父亲身上，是那天早晨看他从阿莉亚的墓地离开。此后的几个月里，拉斐尔需要父亲把他哄回现实里，可没有一点关于父亲行踪的消息。方圆村庄错落，也有城市，他也许在其中某个地方。拉斐尔成了无父无母的孤儿。他的父母仿佛缺了彼此就无法独自活下去。拉斐尔失去了保护他的双翼。

安娜悄然走到他身后,把手放在他肩上。

你又走开了。

不,我还在这里。

好,我要告诉你一些事。

和我俩有关……

不是我俩。她说,是关于我的。

那一刹,安娜思维停顿,心中的犹豫一扫而空。一只野兔在黑暗边缘窥视他俩。她等它跃进光亮处。怦怦的心跳下,他们都企望获得勇气和对未知的好奇。

走出过去

这些年来，克莱尔过着两种不同的生活。从周一到周五，她在旧金山公设辩护律师办公室，担任资深律师维亚的助手。她的主要工作是艰巨繁琐的调查。维亚向她讲解了基本的技能和过程，发现这个女人身上有种细心的专注力，能留意到数英里外的蛛丝马迹。一到周末，克莱尔便从城里消失，开车回到彭塔卢玛南面的农场，星期五晚上，花一两个小时，陪伴父亲。

晚餐时，他们相对而坐。她察觉到，父亲看起来苍老消瘦了许多，身上的衣服显得宽松了，但严苛的个性依旧，无论走路的样子还是在餐桌旁说话的口气，都像工具那样一板一眼。二十几岁时，他每天工作很长时间，清理了这里大部分的土地，与据称像貂熊一样凶猛的土狼和獾搏斗。她和安娜听说，有次父亲带着一对布鲁泰克浣熊猎犬，追踪一头美洲狮，追了好几天，终于把这头两百磅的庞然大物赶上树。父亲开枪把它从树枝上击落。两个女儿企盼父亲会大大渲染一下这些事迹，把它们变成自己年轻时了不起的冒险经历。可父亲不肯，总是对自己的过去一语带过或缄口不言。即使现在，他和克莱尔仍避谈导致安娜失踪的缘由，绝口不提发生的事。失去安娜，仿佛抽空了他的生命，令他心力交瘁。他找到某种压抑感情的方法，也许是妻子去世时用过的，只是当时女儿太年幼并不懂。即使内心对安娜强烈的爱和痛隐约还在，如今，他和留在身边的这个女儿，都对此闭口不谈。克莱尔最后一次提起安娜时，父亲把手举到空中,迫切恳求她停止。他和克莱尔之间的亲密不复存在;曾经有过的任何亲昵举止,都是由安娜引起的。

回家探望父亲的周末,第二天上午,克莱尔会与父亲再小叙片刻,然后带上雨衣,把接下来三十六个小时里所需的水和食物放进驮篮,骑马上山。心里一直有个声音告诉她,山里才是她真正的家。在那儿,她脱离家庭的羁绊,体验一个人的冒险。在深夜浓雾中撞见一堆营火的欣喜,恍如进入茫然若失的忘我境界,只有升起的一缕轻烟飘忽在眼前。

她在山里尝试各种惊险活动。月光下飞驰过狭长的山径,在湍急的河流里游泳,在脱手桥[1]上松开缰绳,伸展双臂,策马缓奔。同事一定认不出她来。即使她的父亲,亲睹过她从小的狂野不羁(在克莱尔眼里,他一直是个稳重沉静的人,几乎不开车,也不骑马),或许也难以认出此时的她。克莱尔认为,在她被偷换的血液里,流着某个半人马祖先的因子。脚一伸进马镫,身子一提,便立即摆脱了跛足的负担。她用这种方法,探掘自己体内最大的潜能。

第一次参加马术耐力赛时,马把克莱尔甩落在地,她跌跌撞撞滚下碎石遍地的山坡。马儿耐心地站在飞扬的尘土中。带着脱臼的肩膀,克莱尔重新上马,坚持了两英里后,不仅出于理智和求生,更是经过冷静的深思熟虑,她决定放弃,然后沿着黄色标记返回罗宾逊平原的营地。走下峡谷的途中,马儿逡巡不前。她已经原谅了它,马儿也会突然被魔鬼附身。有人递

---

[1] 脱手桥(No Hands Bridge),位于旧金山东北,20世纪初建成的一段跨河铁路桥,用于运送矿石。因曾有一名女骑手双手不握缰绳、骑马通过这座护栏极少的桥而得名。

给她一支卷了大麻的香烟,她抽完烟,打电话给父亲。

一小时后,父亲驾驶一辆运马的卡车来到现场。他走向克莱尔,从她的眼神里,好像看到一条不自量力、莽莽撞撞的狗,跑得太快受了伤。她告诉他自己没事,但等回到农场,走下卡车时,她几乎寸步难迈。父亲把她抱进屋。这是一年来他第一次碰她的身体。他把她放在厨房长长的餐桌上,用一块热毛巾敷住她肩膀,膝盖抵住她的背,扭正脱臼的肩膀。克莱尔痛得泪如雨下。当他重复了一遍动作时,她昏了过去。

克莱尔醒来,发现自己仍躺在原地,头下垫了一个枕头。父亲坐在方格花纹的旧沙发上,守护着她。她尝试左右转动身体,并在当天开了四十分钟车,返回旧金山。第二天她要上班。

公设辩护律师办公室给穷人提供法律援助,克莱尔在那工作了五年。阿尔多·维亚是位州律师,有两名助手协助他的调查工作,克莱尔是其中之一。维亚每天早晨与克莱尔及肖恩在基立街一家咖啡馆碰头,她们一边吃早餐,一边听维亚谈论待查的案件。他擅长天马行空地设想各种可能性,思考和安排辩护的角度。九点半,他们开始逐个给过去与被告有关系的人——学校同学、情人、雇主——打电话,与他们交谈,然后对受害人展开调查。受害人以前可能有过暴力记录,这会使案件出现转机。他们明里持一本笔记本,暗中藏一只麦克风。维亚说,他们比警察更厉害,像一家人那样亲密无间。克莱尔知晓肖恩的一切,也对维亚和他家人的事无所不知。维亚的妻子生病时,克莱尔接他孩子放学,一边蹲点,一边照看他们。当肖恩启齿自己对女人的吸引力越来越强时,克莱尔和维亚邀她一块吃饭,给她提供了一个恶作剧计划。

每个星期一早晨,克莱尔总穿一条素雅的连衣裙。维亚说过,朴素的形象和给人毫无防备的感觉,非常重要。不过她怀疑,这也是维亚所喜欢的。她有枚戒指,可以根据不同的采访对象,戴在相应的手指上。对男人而言,她的穿着温婉可亲;不表现出主管的咄咄逼人。如果有人企图袭击她,她会伸出戴戒指的手指,柔声柔气地宣布,自己怀孕了。(当一个长相凶狠的人疑惑地回问:"有孩子了?",她低下头,掩饰脸上的笑意。这下她会受到像圣母玛利亚般的礼遇。)她需要扮演一个感情丰富的角色,不流露道德的判断,只要表现出安抚和同情。她知道让人打开话匣子的最佳时机。女人较喜欢在电话里聊天,因为这样她们可以空出手来干别的。蹲点监视时,如果有好奇的邻居来敲车窗,问她在做什么,她会含糊地指指一座房子,说:"我的男朋友在里面,喝醉了。我不得不跑出来,在这等他。"他们会问:"噢,可怜的,要我给你拿点吃的吗?""不用,谢谢。"她多么想喝杯咖啡,但喝了会让她想上厕所。蹲点时,你必须处于高度警觉的状态。一天下来,整个人精疲力竭。

大多数时候,克莱尔都在调查保险欺诈或性骚扰案件。公设辩护人办公室的职责是为任何一位受到刑事检控的穷人提供辩护。在划时代的吉迪思对温赖特诉讼案以前,只有富人请得起律师。公设辩护人办公室必须对付警察和凶案发生后的"扫荡取证"。警察认为,如果三天不能破案,就永远无法破案。他们鲜少花三天以上的时间调查一件案子,因此对复杂繁琐的细节不感兴趣。公设辩护人只能在三天后看到证据报告，必须迅速找出证人和中间的漏洞，证明当事人没有犯案，或不该被判死刑。后一条适用在定刑阶段，这是辩护人唯一可以设法影响审判结果的时候。克莱尔曾调查过一个死刑犯的历史，发现他很早以前有过一次暴力行为，当时他二十岁，袭击一个凶残虐打他的狗的男人。嘿！就是这个细节，把他从死刑注射台上救了下来，改判无期徒刑。诚如维亚那时说的，如果发现的是他读过赫尔曼·梅尔维尔的全集，那将无济于事。可是那条狗，回来救了他的命。

下班后，克莱尔有时会和维亚去雾都酒吧喝一杯，望着他点的伏特加马提尼鸡尾酒上面漂浮着一圈薄薄的油花。阿尔多·维亚是克莱尔见过最有原则性的人，他教她如何在这项与犯罪和惩罚打交道的职业中生存立足，如何接受因果之间有漏洞的障碍，如何使现在不断改变过去，在奇特的传承中，过去像照相机镜头里的图像，被颠倒地投射在一个人的人生里。只有一条准则是不变的，"如果不相信人，就相信原则。"维亚会这么说，"你遇到的是魔鬼，却要帮他们辩护。你相信完全公正的道义。当一个杀人犯与死刑作斗争时，不是他在请求宽恕。他没有资格，我们才是提出请求的人。"维亚在越南战场上度过了十七岁到十九岁的光阴，他见过魔鬼，知道恶魔会怎么把你吞噬。

结束一天工作后，他们到雾都酒吧喝酒。克莱尔只准许维亚喝一杯，如果他喝更多，克莱尔就会离开，如果不，她则会留下来听维亚倾诉。他无时不需要放松一下，一贯如此。他谈越战，谈奋力争取的案件，但他真正在说的仍是越战。一天，克莱尔告诉他多年前发生在父亲与库珀之间的事,还有她姐姐在那时失踪,不知去向。"哦,这不算可怕。"维亚像撩开睫毛般挥挥手,"人总是回忆起童年受到的伤害。"克莱尔只对维亚讲过自己的过去。"她没有和你联络吗?""没有。""那说明她心灵的伤痛还未抚平。你嫉妒你姐姐吗?""不,只有一次。"是维亚,解开了克莱尔过去的心结,令她获得安宁。她想知道,在维亚这样的人眼里,父亲、库珀,还有安娜,是不是显得古怪离奇。

如果到雾都酒吧太晚,维亚已经喝醉,她就没法坐下来,而是从维亚口袋里掏出车钥匙,等他趔趄走出卡座、付完酒钱后,开他的车送他回家,并打电话通知他妻子。她把车停在维亚家的车道上,把钥匙放回他口袋,叫的出租车已经等在一旁。维亚的妻子站在门口,克莱尔朝她挥手道别,向出租车走去。钻进出租车的那一刻,维亚的妻子大喊:"我爱你,克莱尔。"越南。

克莱尔觉得,维亚给她植入了一个目标,指引她怎么度过一生,因此,她愿做任何事报答他。他秉着对自己工作的荣誉感,一向以志同道合的伙伴身份接近她,可天知道,他心里暗藏了什么阴暗隐秘的感情。她看得出,维亚的妻子深悉他的心思。她带克莱尔去听交响音乐会,去看芭蕾舞。维亚无法静坐下来欣赏这些艺术。芭蕾台词太少,闷得令他打瞌睡。他至多听听瑟隆尼亚斯·蒙克[1]。他说,在被人遗忘的唱片里,蒙克的音乐听起来像被禁锢的鸟鸣。克莱尔去维亚家吃饭时,他又在

---

[1] 瑟隆尼亚斯·蒙克(1917—1982),美国爵士音乐家和钢琴家。

重装自制音响系统,而这往往会引发一场对最新问世的窃听设备的讨论。"有种激光仪,"维亚说,"能够测试对街玻璃窗的震动,然后把它转化成声音。只差一步,就可以听到另外那个房间里的谈话。结果,我们输掉了战争。"

* * *

克莱尔躺在塔霍一间旅馆房内,突然醒来。那天下午,她从旧金山开车到这里,累得睡了几个小时。几天前,她和维亚讨论一个地方学校董事会的案件,维亚说,她必须去趟塔霍。她从床上起身,从窗户眺望湖边这座小镇。灯火通明的赌场,正在招徕顾客。她走下楼,侍者向她推荐一家名为司汤达的俱乐部,据说那儿比棋牌房的任何娱乐都好玩。

在司汤达的那个晚上,有人递给克莱尔一片药。"这是什么?"她问身旁的人。那人说了一串话,她听不清。她决定吃少量试试,把药片掰成两半,吞了其中半片。

俱乐部里像座小城,汇聚了各种不同气氛的节目。有的房间悄然无声,有的房间音乐喧天,有的房间供应果汁和新鲜的蔬菜,有按摩房,有电影房,放映环境和生态主题的电影,如《天玄地黄》《失衡生活》,或者用慢镜头重播惊悚片里的小片段,把一个女人伸手盖箱子的动作分解清晰得好像蝶蛹破茧的慢过程。克莱尔被《惊魂记》里的一幕深深迷住。安东尼·柏金斯端着摆了牛奶和三明治的托盘,一脸无辜地朝珍妮特·利走去。看电影时克莱尔刚吞了药片,因此她分不清是药片还是艺术的魔力,把这四十五秒钟的一幕演得像十分钟那么长。但不管怎样，知道故事的后续，现在，她能读懂前前后后这些无邪的表情。视线从屏幕移开，她看见陌生人警惕地在她周围移动，一个男人慢吞吞向她走来，手里的托盘上放着一杯牛奶，白得好像里面点了一盏灯泡。

她走进跳舞大厅，在那儿逗留了一两个小时。有时是一个人，有时被挤在几个人中间，像波浪一样跟着一起晃动身体。她来塔霍有工作在身，但想不起具体的工作是什么。有项任务等待她去完成，但是不记得把任务内容储存在大脑的哪个区域。她应该去一间安静的房间，关上厚厚的充气门，把事情想出来。塔霍此行的目的会像一粒玻璃弹珠，朝她滚去。

过了几小时，她清醒过来，从俱乐部走回旅馆。早晨的天空阴云密布，阵阵急雨从湖上飘来。狭窄的街道通往山下的市中心。背后传来响声，克莱尔回头，看见有个人踩着滑板，向她迎面而来。那人的目光抓到克莱尔的神情，心生一计，伸手把她拎到滑板上，立于他身前。他几乎没有扶她，只用双臂围住无所依靠、瞠目结舌的克莱尔。他们迎着雨幕，噼噼啪啪滑行在人行道上，看不清路人的面孔，只有雨和模糊的色块。克莱尔渐渐放松，就在这一刻，玩滑板的人拎起她，把她放回人行道上，然后旋风般向前远去。克莱尔回看他们经过的地方，遽然僵立在一排装了楔形板的房子前，无所适从。她需要找到回旅馆的路，躺下好好睡一觉。

她恍恍惚惚来到一家路边小饭馆，找了个卡座坐下，点了一杯矿泉水、三个鸡蛋，加香肠和蘑菇。请问有绿西红柿吗？有。那么来两份。女侍应生端来食物，克莱尔埋头吃起来。疲惫的她，连刀叉都握不稳，笨手笨脚地扒弄食物。就在这时，她看见一个长相酷似库珀的人，走进饭馆。

库珀？

她没有大喊出声，不太确定自己有没有从暗处向他打招呼，只是从卡座站了起来。那人环顾餐厅，寻找空座，看到她后，脸上浮现出惊讶的笑容。克莱尔走上前抱住他。是他。她不愿松开，因为不想让他看见自己抽噎的样子，也许是太累，或是药片后劲的缘故。她没有料到会遇见库珀，难以抑制内心的激动。

他坐在克莱尔对面，两人沉默不语。他不停地左顾右盼，回望身后，然后转向克莱尔。

这么说，你住在这里？

不，我在旧金山，不住在这里。

库珀望着她，没有说话。

我给一位辩护律师做助手，负责调查研究。那人叫阿尔多·维亚，你听说过他吗？

他管赌博吗？

那是起诉方的工作。我是辩护方。

克莱尔突然意识到自己穿的衣服。

我去了一家夜总会，我并不常去那种地方。她眨弄眼睛，兴奋与疲惫同时向她袭来。

听着，我有很多事要告诉你，库珀，还要听你的事，但我需要……

我们走吧，他说。他认识克莱尔住的旅馆，建议走路回去，可以呼吸新鲜空气。一走出餐厅，他告诉克莱尔，自己以赌博为生,并再次询问她的工作。他侧身行走,这样能看到克莱尔的脸。你来这儿是要调查一些事吗?

简单说,是为老板的一件案子打探些消息……你走路的样子像个打手,库珀。

我玩扑克。

哦。

我住在一个叫圣玛丽亚的小镇,位于洛杉矶以北,几小时车程的距离。我在那儿住了好些年,来塔霍找个人。

你有房子吗?我是说,在圣玛丽亚。

我住旅店。

天哪。

他招手拦了一辆出租车。

你做什么?

你累了,我想你走不回富勒。

克莱尔走进旅馆房间,库珀站在门口问她,什么时候离开塔霍。

进来坐会儿,喝点东西,库珀。我可以延长行程,如果你有时间,我们再见一次。她倒在沙发上,用脚尖把鞋踢掉,双眼望着他。

库珀穿过房间,走到窗边,塔霍城依旧灯红酒绿。

几天后,那儿将有一场大型牌局。我要想个办法脱身,需要一位老朋友的帮忙。库珀转过身,看见克莱尔斜身陷在沙发里睡着了。他走上前,站着凝视她。

他将她拉起,让她靠在自己身上,脸贴着他的颈。他能闻到一点残余的香水味。他曾教这个女孩钓鱼、骑马、开车，从未想过她会用香水。从近处看，她脸上的热情未变，库珀对她露出微笑。最后一次见她，是很多年前的事了。"嘿，你该睡到床上。"克莱尔半梦半醒，伸手把库珀推开。"别怕，是我，库珀。我只是想帮你。"

* * *

接下来的两天，克莱尔一边收集地方教育董事会一案的资料，一边等库珀来电。她拨打库珀留给她的号码，但无人接听。也许他已经离开了塔霍。她去了几家棋牌室，可每问起库珀，别人不是转身走开，就是对她不理不睬。隐姓埋名似乎是这个世界的一种礼节。她好像一个行踪不定的赌徒的妻子。什么都不知道，没有他的地址，只有一个潦草的电话号码。这么多年后，她再度与他失去联系。

她打电话告诉维亚，她要在塔霍多待一段时间，并问他，能否帮忙查一个电话号码的地址。那是她的一个老相识，亲如家人。她开始感到有些不对劲。那真的是库珀吗？还是吞下的半片药制造的幻觉，一份上天赐予她结束那漫漫长夜的小礼物。

圣玛丽亚坐落在洛杉矶西北的山区，两地相距几小时车程。这些年来，库珀住在那儿，通宵打牌，凌晨三四点返回旅馆。他一个人住，镇上几乎没人认识他。二三十年前，大批移民劳工拥入圣芭芭拉县，有墨西哥人、哥伦比亚人、越南人和意大利裔的美国人。他们在牧场和蔬菜种植园工作，辽阔的土地一直延伸到高速公路的另一边。富人住在山里，那些游手好闲的儿子们酷爱赌博。民主在这一带山谷扎下了根。有时，库珀开车南下，冒险到沿海一带参加赌注更大的业余扑克赛，不过大多时候，他还是乖乖留在这座紧挨高速公路的小镇。自从拉斯维加斯一战，骗了兄弟会的人，他还是躲起来比较好。他下午的活动，包括看电影、读法律惊险小说和有需要时花钱嫖妓，晚上坐在牌桌前打牌。白天他起得很晚，起床后出去跑步，甩掉前一晚一身的陈味。出老千填补了这种单调生活的乏味。他不再去拉斯维加斯或塔霍。和他赌牌的陌生人都不认识他。他无意回到过去。

向晚时分，库珀开车到塔夫特路一家牛排馆，站在吧台边，点一杯劣质的玛格丽特鸡尾酒，然后独自坐在一张桌旁。通常，在晚餐客人高峰到来前，他已经离开了乔科牛排馆。他比较喜欢一个人吃饭。接下来的整个晚上，他将被一群人包围在牌桌旁。而此时，他默默观察其他几个就餐者和他们两两之间的谈话。有个女人引起他的注意。每周一和周五，她和一个留胡子的男人来店里。乔科店不以快餐著称，等待上菜时，库珀努力猜测那个男人的职业。勘测员？还是机场的司机，驾驶昆虫似的小卡车开到飞机旁？那女人约有六英尺高，至少和库珀差不多，穿着黑白方格的羊毛裙，修长的腿几乎无法完全伸进桌子底下，周身散发出一股活泼的生气。她会跃起和工作人员聊天，或察看墙上某张海报上的名字或日期，回座告诉她的同伴。

她手边经常摆着书。库珀记得有次在书名里看到化学二字。她大概三十出头，总是在同一时间，和那个男人出现在那里。可能是她的教授，或兄长。他们没有任何身体接触，只是一边吃饭，一边不停聊天。和库珀一样，他们总是坐同一张桌子。有时库珀先到，有时他们来得早。偶尔，那女的朝库珀打量一眼，与他打个招呼——有次她因为某事，迷人地开怀大笑，库珀以微笑回应。他把两人间这短暂的一刻细心收藏起来。有时就餐中，她会把腿伸到桌外。她与这间木头搭建的小餐馆格格不入，或者说，她不属于这里。灯光把那些老赌徒和他们伙伴们颈上的皱纹照得一览无余。库珀认为，不管乔科店的照明如何，那灯光都应集中在她一人身上，围着她打转，伴她度过余生是其唯一用途，直到葬礼结束。

库珀只想望着那张他读不懂的脸。那张面孔，金黄的头发，不是出于长相娇美，而因为其中丰富的内涵。在维也纳，她可能不引人注意，但在圣玛丽亚，她像一头美洲豹，每个星期一、五，走进餐厅，把身体安放在离库珀不远的桌椅之间。坐在她对面的男人，也许是加州这座郊区城镇里的业余魔术师——在路南头某座危险的酒吧里，表演怎么把她锯成两半。他可能是她的朋友，或别的关系，只见她身子前倾，在他耳边窃窃私语。

库珀回到圣玛丽亚旅馆的房间，对那女人的爱好涌起好奇。他必须承认，自己对那女人一无所知，甚至连她说话的声音也没听过。他只是每天打牌前，准时八点到那里吃晚饭，点的是肉眼牛排。在乔科餐厅背面，搭了一个泳池大小的室外烤架，用来烤牛排——宛若一幅中世纪的画面——身着T恤的工作人员用巨大的钳子，翻动烤肉。吃完饭，他去打牌，一直打到凌晨三点，十二盎司的牛排，在他胃里慢慢消化。

有天晚上，他抬起头，看见她也在店里，一个人独坐。两人目光交会，他不假思索地伸手打招呼，得到回应后，呆坐不知所措。往常，他瞥见的是她与同伴心无旁骛地交谈，无视他的存在。那天，她一会把叉子放到餐垫上，一会又把它移开。餐垫上记述了这家饭店的历史，库珀的目光匆匆浏览上面的文字。故事始于一八八六年，埃默里·诺茨开了一家酒吧。他有八个儿子，其中一个叫乔科·诺茨，他娶了当地第一位电话接线员，生了四个孩子，分别是普吉、吉赛、诺尼和比格。在禁酒期间，他们售卖非法酿制的玉米酒。四十年代，店里有老虎机，还有一间扑克房。餐垫上写着："传说有人千里迢迢赶来光顾乔科店。酒吧里养过一只猴子，养了好多年。"

请问——我能和你坐在一块吗？她站起身，掸掸裙子。库珀没有说话，看她在自己对面坐下来。

你的朋友在哪儿？库珀问。

哦，谁知道呢。他可能不会来了。她还没完全入座，清澈的嗓音，从咫尺之外传入他耳内。他对她奇怪的第一反应是，她没有擦香水。在大多数扑克房，女人裹在浓重的香水味里，男人则用爽身粉和喷雾。

她嘴里咕哝着什么，可能是简短的祷辞或赞美诗。后来，他发现这是她的一个习惯。但此刻，第一次看到她嘴唇翕动，库珀凑上前，带着探问的表情，好像漏听了她要说的话。"当我攀向山顶……看见美宝莲坐在凯迪拉克威乐车[1]里。"

对不起？

查克·贝里[2]……

她点明这段歌词的作者。我和这个人打过一次牌，库珀说。

他赢了你吗？

没有。他稍微停顿了一下。不，我击败了他。他的牌技不太高明。

还有别人吗？

别的名人？

她点点头。

哦，我不知道。没有别人了。创作兼演唱《美宝莲》的这位歌手，是他在纸牌房遇过的、来头最大的人。就他所知，他没有发一对A给阿尔弗雷德·布伦德尔[3]。

他们有一搭没一搭地说话，找不到可以畅聊的话题。有关那个经常和她一起来吃饭的同伴，她只提到那人经营一家五金

---

[1] 凯迪拉克1949年至1993年生产的一款车型。
[2] 查克·贝里（1926—2017），美国摇滚乐界极富影响力的先驱歌手，吉他大师。
[3] 阿尔弗雷德·布伦德尔（1931— ），奥地利钢琴演奏家，被誉为20世纪最杰出的古典钢琴家之一，也是超现实主义诗人和作家。

店,但只字未说两人的关系。她阅读科学方面的书籍,但与大学不再有联系。她去过很多地方,父亲曾在军队任职,但她已经没有再见过他。"给我来一份肉眼牛排。"她对女侍应生说。要来一杯红酒吗?她摇摇头,她不喝酒。库珀早就注意到这点。两人的谈话,客套肤浅,没有实质性的内容。到九点半,库珀表示,他必须告辞了。

哦。

我要去西面的瓜达洛普沙丘,和几个考古学家进行一场扑克赛。

哦。

对库珀来说,隔桌旁观,能把她看得更清楚。相对而坐,距离虽近,但他一边要接住话茬,一边要思考自己的回答,反而手忙脚乱。

我会再见到你吗?

周一和周五。他回答。他起身付了账,她仍坐在座位上。

布丽吉特,她在库珀离开那一刻,无意中说出自己的名字。

库珀点点头。你好,布丽吉特。

如果初次见面时,库珀没有凭直觉从布丽吉特身上发现她是个瘾君子或毒贩,看上去背景复杂,和许多人有染,那么,他可能离她远远的,也不会在第二个星期五和她再度在乔科店共进晚餐,还送她回家。就像几世纪前,他不会捡起一只故意掉落的手套,把它还给正在散步的女人。他自以为知道的一切,令他觉得放心。无论是吸吮从水烟壶里喷出的奶白色烟雾，还是把针头扎进自己的血管，只要她在毒品中找到比爱情更多的快感，那意味着，库珀对她而言并不重要。他至多是她一个星期里短暂的一味调剂。他心想，也许几个月后，她甚至记不起他是谁。身为一个合格的赌徒，直觉告诉他，这个女人对他没有危险。

回到她的公寓，库珀跟她走进宽敞的厨房——面积大得令他吃惊——看她变出海洛因。然后，她坐在地毯上，方格裙卷到大腿之上。库珀印象中她健康的形象，难以与眼前一幕联系起来。她礼貌性地递给库珀一些——自己用盐前，先把盐瓶递给别人；从小在军队纪律管束下长大的女孩——库珀摇摇头。她早已毒瘾发作，根本忘了库珀的存在。她转过身，背向库珀，呆滞的目光，失神地盯着远方一棵大树。库珀把她沉溺在快感中的模样，视为某种难以企及、永远无法理解的美，超越任何一次牌桌上赢人钱包的愉悦。她把肩膀和头靠在壁炉上，眼神游离回房间。"来，抓住我的手。"她轻声说，但没有喊他的名字。

她仰面躺下，屈起膝盖，引导库珀的头经她的白衬衣，滑过胃和裙子。她用双臂一会把他推开，一会又把他拉向自己，好像把他当作一段圆木或是什么，试图放手，又想占为己有。他没料到她有如此大的力气和能耐，以为只是一种温柔的挑逗。她穿着白衬衣，露出金色的长腿，爬到他身上说，库珀，仿佛终于找到他的名字，像高举一把从湖底拔出的宝剑。库珀倦怠地躺在地上，仿若是他需要靠她发出的威力重振精神。

她只在过了毒品快感的高潮、神志模糊时，和库珀发生关系。一个星期，两到三个下午，几乎都是下午，在她的公寓，在阳光和微尘中。有时，她趴在水槽边呕吐，要库珀抱住她——她浑身发冷。有时，库珀打完牌，凌晨三四点回到圣玛丽亚旅店，看见她睡在大厅的皮椅子里。她会在前台留条口信。这间大厅有好几处凹角——一处供人玩游戏和猜字谜，一处摆了一架钢琴，一处挂着数幅历史照片——布局凌乱，像迷宫一样，很容易错过等的人。他扶她起身。见到库珀疲惫的样子，她会拿出一些药片，但他从来不要。

那些夜晚，如果库珀仍无睡意，他们会坐进他的车，在德士古加油站加满一缸油，然后开到与内华达的交界处。他们摇下车窗，"碰撞"乐队[1]尖厉的音乐，像钉子洒落在高速公路上。布丽吉特按开车内灯，他们如一颗发光的气泡，两边是芜杂低矮的灌木丛林。她打开一包长方形的白色可卡因，把粉末和氢氧化钠混在一起，摇成奶白色，然后加入乙醚。她用一根虹吸管把乙醚抽到一只盘内，关掉车灯，在黑暗中摸索下一步动作。借助仪表盘上的亮光，他隐约看见她从盘子里捡起一颗颗晶状微粒，放进烟斗，里面发出嘶嘶的燃烧声。她吸入喷出的白烟，靠着打开的车窗，陶醉在飘飘然的快意中。

车里的黑暗把他们紧紧联系在一起。库珀觉得，毒品点燃了布丽吉特体内的激情，令她蠢蠢欲动，用她的身体轻易领他们经过小镇贝肯和埃里克。她把光着的脚搁在仪表盘上，给车指路，头倚在打开的车窗边框上。低音贝斯从她颈后的车门里发出沉沉震响。他们停下车，任车门大开，音乐流泻在夜幕下的沙漠里。她趴在克莱斯勒车篷上，发动机的热浪朝她衬衣袭

---

[1] "碰撞"乐队（The Clash），成立于1976年的英国朋克乐队。

来，流汗的肩膀，滑得让人抓不住。即使在这样随意不拘的时刻，他仍知道，不能去触碰她手臂的淤伤。

光阴似箭，一个月前，这个女人拿着一本化学书走进饭店，库珀被她的神秘莫测吸引。"她的头发如此金黄，葡萄酒如此红艳……"[1] 起初，他相信她会像歌里唱的那样，留在他记忆里。她依偎他入睡，心里藏着新的秘密，加倍警觉，时常顾左右而言他，使库珀无法看透背后的隐情。她只活在当时当下，没有一丁点过去或在别处的传闻，可以让库珀追究，要求她复述或解释来龙去脉。当她若有所思——在那些汹涌的洪水和河流里神魂颠倒时——想的是毒品和情欲的作用，两者不受控制得难以区分。有时，他在黎明前醒来，看她弯腰坐在地毯上，对着一簇闪烁不定的蓝色火苗。每当他睁开眼，看见近在咫尺的她，与自己四目相对，他突然很怕眼前这个女人长得貌似安娜。他搞不清，她是一面把过去聚焦起来的透镜，还是一团把它遮蔽隐去的浓雾。

"我喜爱唱歌。小时候，我爸爸一边开车一边哼歌。"布丽吉特的目光越过库珀的肩膀，向远处望去。他觉得有如一扇小门的门闩被解开了。她在告诉他些什么。即使没有直接的对视，仍能感到话中流露的亲近。父亲的歌声，传入后座童年的她耳中。库珀的眼神锁在她陷入回忆的脸上。金色的秀发拂过她脸颊，衬衣下透出光照的影子。他迫不及待地吞下这些瞬间

---

[1] 作者注：这段歌词为汤姆·韦茨所写。

和发生的一切，仿佛在为一场终将到来的干旱储备物资。她用平静的语气，讲述身边那小东西的买卖交易。关键就在她手里反复摆弄的这个小天地内部。甜美、平和的声音中，夹杂着墨西哥边境走私毒品时用的快速暗语——鹦鹉、公鸡、山羊[1]。

有时，几个乐手开车来接布丽吉特。她一去整夜，到第二天清晨，约莫库珀打完牌回到旅馆时才返。"你为什么不和我一块去？"她问他，"唱歌是我的快乐。"

他犹豫不决，只习惯和两人世界里的她相处。目睹她与别人的言行举止，会让他脱离心中那个已知和想要的她。即使在她给自己注射毒品、松开手臂上灰黄色橡皮管的那刻，他依旧心甘情愿、死心塌地地爱她。她的多面，令他眼花缭乱，包括在她犯毒瘾时。有些日子，她会跟他一起跑步，一样精力充沛，回到家，打开随身携带的滴管、氢氧化钠和形状如隐形眼镜的圆盒，耐心地等粉末结晶。或者，她会整夜不眠不休地读书。因此，当布丽吉特要他陪自己与几个乐手一块同行时，他摇摇手，意指"这个主意不好"，假设不作声是种更礼貌的拒绝。她嘴角勉强挤出一个鬼脸，显得心事重重多过生气不悦。就这样，他用手势，交换她一个眉眼深锁的表情。她离开房间。后来，库珀跟她走进卧室，她正望着窗外，圣玛丽亚大道的出口车道上，车流缓慢。三十分钟后，她的朋友把她接走。回来时，她总是心情愉快。

下一次布丽吉特和朋友相约时，库珀决定加入。前一天，

---

[1] 鹦鹉，指可卡因；公鸡，指大麻；山羊，指 AK47 步枪。

他打电话取消了牌局。乐手们出现时，他刚陪布丽吉特走到楼下。她在等他往回走。

你和我们一块去吗？

我想，去吧。

太棒了，库珀。不过摘下你的领带，来，把它给我。

以前，"皇太子"教他要穿得体面，他一直没能改掉这个习惯。即使倒霉得连连输牌，一条领带，或一件带法式袖扣的衬衫，也能给你一种心理优势，这是"皇太子"告诉他的。

布丽吉特和司机坐在车前排。坐在库珀旁边的是一名贝斯吉他手。途中，他介绍自己是一家加州自然杂志的编辑。这家杂志为几个强盗头目所有。"保守分子热爱加州，"吉他手说，"他们拼命要把剩下的部分弄到手。"布丽吉特一路都在聊天，但声音很轻，库珀听不清楚。她告诉过他，他们在海边一家酒吧演出。一小时后，他们到了郊外一家小旅馆，地处一条两车道的高速公路边。布丽吉特走下车，拉直身上的裙子。又一个新发现，他从来没见她穿过这条裙子。头顶的霓虹灯把她的脸照得绯红。"我先走了。"她说，"一会见，好吗？""好。""表演结束后等我。""好。"这栋普通的长方形建筑，看上去毫无特色，会被当成带残疾人通道的妓院也说不定。不过显然，它是一间拳击馆加酒吧。外面已经停了近四十辆车，有些是载重半吨的大卡车，还有一辆垃圾车，停在旁边的碎石场上。

这一晚，库珀任由自己跟随布丽吉特的安排，一身轻松。他在旅馆四周游荡，打发时间。有一边没有路灯，前方什么也看不见，只当有车在停车场调头时，才微见端倪。他想象布丽吉特在化妆间做准备，换鞋，或把指甲涂成晒黑的褐色。他觉得自己像个长辈,对女人一点都不了解。黑暗中打开一扇门,一束光照在离他二十英尺的空地上。她和两个男人走出来,他们审视漆黑的四周,挨近彼此。她的手搭在其中一个男人身上,被一拉,整个人倒在他身上。她向后退,从裸露的手臂上摘下一条东西,像是他的领带。他在陶斯见过一个收集毒药的男人,使劲掰开蛇嘴,对着一只大口杯,不管什么毒液,把它们从毒腺里挤出来。毒液滴在杯子的硬塑料壁上,蛇牙发出细小的咯咯声,像是简短的反抗,但轻微得几乎不可闻。库珀站在原地不动,观察布丽吉特和两个男人。当他们把门拉得更开、准备返回屋内时,那束灯光实际上已经照到库珀,只是他们背对着他,所以没有看见。

酒吧位于休息室的一边,布丽吉特在最远端的舞台上。她换了一件乳白色的低领礼服,把库珀的领带松垮垮地系在脖子上。"皇太子"不会赞成这种穿法。她开始演唱,令人惊奇的不是她嗓音的洪亮,或从粗犷到轻柔的多变,而是她站在台上表现出的自信,好像一名出色的女演员一边舞动手臂,一边像克丽丝·海德[1]那样拖长声调。库珀从来没见过布丽吉特这一面。她下意识地扭动肢体,大声回应观众的欢呼,把《女巫季节》演绎成一曲嘶哑、魅惑的蓝调,颠覆了库珀以前对她的一切认知,一个他从未见过的女人。唯一认得出的是自己的领带,松散地搭在她颈上。那晚,库珀眼里只有她。每唱一首

---

[1] 克丽丝·海德(1951—),出生于美国俄亥俄州的摇滚女歌手、"伪装者"乐队(The Pretenders)的主唱。

歌，就揭开一层她的新面孔。即使渐露疲态，她依旧风姿绰约，是众人瞩目的焦点。她在乐队成员之间来回穿梭，跃入聚光灯的光柱里，打乱歌曲的结构，伸出洁白的手臂，接住旋转灯球里发出的闪光，并用臀部撩拨观众。这些表演，没有太多预先的设计或约束。她的身体渐渐膨胀。

演出结束后，库珀望着她与乐手走下舞台。有人递给她一大杯啤酒，她一饮而尽。朋友们送上赞美和拥抱，歌声中的果断自信，此刻被一种天真的快乐取代。她不时向人群外张望，寻找库珀，但没看到他。他站在很远处，从暗中注视她。她仍未完全走出舞台的氛围，库珀对这一刻的每个细节，充满好奇，不想因为自己的出现，使那个她烟消云散。

布丽吉特的目光越过众人肩膀，脸色憔悴。库珀上前走到镁光灯下（如果说她的目光是镁光灯的话），看见她不安的微笑，仿佛要为他挣脱刚才的自己。他们互相拥抱，库珀感觉到她汗淋淋的手臂和湿透的礼服，湿湿的头发，贴着他脸颊。

第二天晚上，库珀去打牌，回来时找不到她，既不在圣玛丽亚旅馆他的房间里，也没有睡在大厅，或她自己的公寓。公寓已经被打扫过，房租也付清了。他意识到，自己没有她的联络方式，根本无从寻起。只有乔科店里那个男的，可他不知道那人的名字。白天，他开车去圣玛丽亚方圆二十英里内的每一家五金店打听。尽管布丽吉特的房间被清理一空，但无论她人在哪里，库珀都担心她会有危险。

圣玛丽亚镇有条三英里长的商业街，库珀开始光顾那里的咖啡馆和酒吧，在镇上闲逛，希望这样可以找到布丽吉特。他坚持晨跑的习惯，但比以前更加疯狂，跑到郊区野外。这么多年来，他感觉到自己苏醒的情欲。他去体育馆，用绳索和沉重的沙袋，苦练拳击。它比跑步更艰苦，一种更佳的逃避自我的方法。他感到身体变得强健，却也清楚，这种力量来自他本身的无力。一天，他回到旅馆，在大厅昏暗的灯光下，望着镜中的自己。他发现，他才是那个中毒上瘾的人。这让他心头一震。

服务台的接待员说，他有一封信。是张从塔霍寄来的明信片，上面什么也没写，也没有签名，只有他的名字和地址，他认得出手写的笔迹。背面的照片里，哈拉斯赌场在薄暮中熠熠生辉。这是布丽吉特。她向库珀透露自己的去向。

不到一个小时，库珀开车朝与海岸相反的东面驶去，沿着以前深夜带布丽吉特往内华达去的相同路线。到了卡里索平原国家保护地折北，上99号公路，开到圣华金山谷，途径维萨利亚、弗雷斯诺、莫德斯度，然后是萨克拉门托市。他在卡迈尔克停车买了点吃的。翻越内华达山脉时，天色已黑。雨雾中，银叉、草莓这些他曾千百次驶过的小镇，从他身边转瞬即逝。快到塔霍前，他住进一家汽车旅馆，洗澡刮脸，用的是房间提供的小香皂，然后换上一件干净的衬衣和一条领带。约莫凌晨两点，他重新上路。

山下的塔霍镇灯火闪烁，湖面波光粼粼，周围幽微晦暗。他走出克莱斯勒，回望翻过的群山，已能感知到海拔的落差。他回到了过去，明知危险，一切都可能改变。他把车开到恺撒皇宫的停车场，走去哈拉斯——他明白，不能把车停在工作的地方。

一走进大厅，鼓入的氧气，朝他迎面吹来。整个下午和大半个晚上开车带来的疲累，此时消失殆尽。华丽的装潢令人目眩。他坐在一张二十英尺长的真皮沙发上，舒展双腿。一位侍应生端来饮料，他付了十元小费，并点了一杯加奶的浓缩咖啡。他手持细长的玻璃杯，朝牌桌走去，至今没看见认识的人，不过，塔霍的夜晚刚刚开始。十五个小时前，他还在铺着阿斯特罗绿地毯的体育馆里，拼命打拳。

库珀心想，只要自己现身，布丽吉特就会找到他。因此，他在富丽堂皇、人声鼎沸的旅馆内部穿来穿去，偶尔放慢脚步。最后，他坐下来开始玩牌。和往常一样，第一局，他故意落败。这儿牌局的速度进行得比南方快，但他身边只是些业余玩家。凌晨四点，他依旧毫无困意。

过了一个小时，在一次发牌时，他抬头看到她，心中骤然生起疑问，她在那儿站了多久，这样一动不动地注视他？她的个子高出大部分围观者。库珀赌完这局，飞快收拾起身前的筹码。不管怎样，如果他或布丽吉特需要的话，今晚赢的这些已经足够在塔霍湖南岸租个不错的房子了。

库珀。

她在兑换现金的地方抓住他的手。他把脸靠在她颈上。白皙的肌肤，闪现金黄的光泽，肌肉紧实，这也许是她的信心之源。

他们踏上铺了地毯的宽阔台阶。一走出大厅，耳边没了喧哗声。库珀想起童年时在圣安东尼奥河划独木舟的情形，一拐过弯，附近激流的咆哮声转眼消失。他走在布丽吉特身后，保持一两步距离。她转身说:"我刚去游了泳。"她用一只脚轻快地滑行。哈拉斯里,没人拥有像她那样随性的活力。她身上有种库珀以前没见过的干练爽利。在电梯里,她阻止库珀拥抱她。

等一下。

仿佛这个词解释了一切。

等什么?

我们必须谈一谈。你在这儿订了房间吗?

没有。

因为你不能住在这儿,不能住在这家旅馆。

库珀没有说话。他们默默走完剩下的路。他的车停在恺撒皇宫,他可以住在那里。

早上五点半左右,两人坐在一起吃早餐。库珀从十八楼眺望窗外,天色未明,灯火依旧把天空映照得微红。库珀没有问为什么他不能住在这里。他觉得布丽吉特对自己有所防备,所以得谨慎和她周旋。他需要搞清布丽吉特的意图。即使她真的别有所图,在这栋楼里,闭路监控系统无处不在,明智的做法还是保持沉默。他预感到,布丽吉特会骗他去一个他无法反对和争辩的地方。他问起那个和她一块去乔科店吃饭的老同伴,"那个经营五金店的家伙……"他问。她把脑袋晃来晃去,当作回答。"他叫什么名字?你从来没跟我说过。他住在塔霍吗?这是你来这里的原因吗?"她否定了所有问题,只承认,乔科店里那个男的,的确在这里。

在恺撒皇宫酒店的地下,库珀打开克莱斯勒的车门,让布丽吉特坐在副驾驶位置。在这熟悉的场景中,地下车库里的空气和一闪一闪的灯光，与十年前别无两样。他慢慢绕过车身，坐进她旁边的驾驶座。

我应该回圣玛丽亚去。

啊？她扭头看他。

你为什么离开？你想把我怎么样，布丽吉特？

让我们先离开这里再说。

不。

我们能去……

对外面的阳光，我还没心理准备。

好吧。她用手轻抚他的臂膀。你还撑得住。

哦，我已经累到极点了，别担心。

她亲吻库珀的右眼、前额和嘴，他照单全收。她把手放在他身上。他们没有接吻，却更加亲昵地凝眸对视，脸和脸几乎快碰到一块。只有呼吸，没有言语，注视彼此毫无掩饰的表情。库珀疲惫的双眼炯炯地望着她。

二十分钟后，在去内华达旅馆的路上，布丽吉特对他说："我带你去见我的朋友。我要求你帮个忙……"她开始告诉库珀有关五金店老板的事，讲他在踏进乔科店的第一晚就认出了库珀。他的名字叫吉尔。她欠了他钱，所以为他打工。"他是你的情人吗？"她只说认识吉尔很久了。他玩纸牌，有两个朋友跟他一起，他们都是扑克玩家，知晓库珀的一切。在没去乔科店吃饭前，就听过他的故事。库珀不作声，对自己嘀嘀咕咕，前面的挡风玻璃仿佛照出她的愚蠢，恨不得一掌把它打碎。她是阴谋的一部分，把他骗到塔霍来。

停下车，库珀随她走进一套短期出租的公寓。三个男人坐在宽敞、四壁空空的房里。她介绍了库珀，几个男人立刻谈起他与兄弟会的那段旧事，甚至讲到他臭名昭著、冲摄像头招手的动作，因为它没拍到他作弊的证据；他高妙的手法令他们折服。库珀朝布丽吉特望去，她正盯着自己的双手，一副事不关己的模样。接着，吉尔提出了计划。虽然精明周密，但库珀一口回绝。他站起来，浑身一阵乏力。他们继续向他讲解各种细节，他觉得像被一群喋喋不休的魔鬼围在其中。他移动身体，避开从大窗户里射进来的阳光。布丽吉特在车里坦承自己和这些男人的关系时，是那么轻描淡写，那一幕不断在库珀脑海里复现。他想不出他们是谁。他们是新来的。年纪比他大，可他从来没听说过他们。见他们不肯接受自己的推辞，他挥挥手，准备离开。他一生就犯了那一个错误；如果重来，他一定不会这么做。他开始向门外走去。一个男人碰了下他的手臂。库珀转过身，差点想打他。他们都察觉到了。库珀走到门口，布丽吉特上前，把手放在那个男人所碰的相同部位，仿佛他应该明白其中的区别。他回过头，目光越过她的肩，朝大房子尽头望去，瞪着那三个男人。

库珀，你能帮帮我吗？一定要成功。我要换回我的命。

这条命？

我欠他钱……很多很多钱。只是一场牌局而已。

他笑着看她。

你能做到吗？她扑上前，库珀后退，不愿被她碰到。他记得，她和她朋友在乔科店里轻松自在地聊天，总是流露出互有好感的样子。

你可以全身而退，他说。

你不了解，库珀。你必须帮我渡过这关。

告诉我。

这是个梦，我不知道。一个长睡不醒的梦。你走进一间房，白色条状的可卡因摆在那里，或是在等待结晶。然后你想，走出去，不要碰它。如果碰了它，你就完了。但是，一个瘾君子从来不会走出去。你总是会吸一口。你飘飘欲仙，即使在梦里，同时你也知道，这样做有害。如果走出去该多好。

你为什么说得那么小声？

你为什么要想？这就是我，都是真的。

我明白。他回头看那几个男人。

我认识他很久了。可现在我有危险。你一定要帮我。你需要多点时间吗？他和他朋友……他们能再给你一天时间考虑。我保证。考虑一下。不要现在就拒绝。

库珀开车沿塔霍湖南岸行驶，找到一间出租的度假小屋。他刚到塔霍时，无论愤怒还是疲惫都不能让他弃布丽吉特不管。可即使那么疯狂地热恋她，他还是拒绝了吉尔的要求。他可以完成这三个人要他做的每件事，但从此，他就永远被囚禁在他们的世界里。在做手脚击败欧特里和兄弟会时，他心中清楚，他们的手脚也不干净。可这些人打算对付的是一个无辜的人。他们对他的底细已经知道得太多。在他获悉他们的存在前——早在他在乔科店第一次见到布丽吉特前——就被挑中了。他从来没有躲过别人的视线。凭借她手指销魂的一勾和海绿色裙摆的一转，布丽吉特只是把他引来塔霍的诱饵。他发觉，他们的爱情有另外一个版本，在那里，唯一得到满足与慰藉的是他，不是布丽吉特。他看到自己被一场骗局设计了。

度假屋的电话响了，是吉尔打来的。和他联系的，只可能是吉尔。库珀有一天时间做决定。电话铃声断了。看来，他们知道他在这儿。他们跟踪他。库珀坐在塑料贴面的桌子旁，在桌子边缘玩弄一把餐刀，把它移进移出，仿佛在刀子的重量和平衡里，隐藏了一条至关重要的线索，与他应该怎么对付这一切有关。该赢的赢，该输的输。生活中，事业上，朋友间，爱情里，人们每天都在做这件事。这是妥协的温和特质。他站起身，任刀子在原处保持平衡。

布丽吉特正在湖对岸的那片灯火中。如果那时，她出现在走廊，伸出雪白的双臂，对库珀交出真心，他知道，自己会不顾新添的恨意，迎她而去，即使这么做冒失而愚蠢。他无法忍受没有布丽吉特在身边，听不见她的笑声，蒸气腾腾的浴室里看不到她站着吹干头发，又拧过吹风机口对着自己身体吹。他怀念她平静低沉、富有质感的声音，娓娓细述；怀念从电梯倾斜的镜子里不时瞥见她的模样；怀念开过海边时，身旁那个活力四射的她，抬起脚搁在仪表盘上，像个十二岁的小女孩。他想拥有这一切，为此甘冒所有风险。

后来，发生了一件怪事。第二天，他开车去塔霍城里吃饭，幻想真的可能会在某处见到布丽吉特，可结果在一家餐厅遇见了克莱尔。这么多年过去，她仿佛突然变出成人的面孔和举止。纤瘦的肩膀，棕色有如玛都那浆果的颜色，小麦色的肌肤，美得像朵咖啡色的花，一脸追根究底的表情。她倒在库珀怀里，这一秒，他从岁月的痕迹底下，认出原来的克莱尔。她做出熟悉的手势,库珀环顾四周,好像安娜也应该同在。但周围没有别人。克莱尔一脸倦容。他陪她回到旅馆,说以后和她联系。返回度假小屋。他躺在床上,久久无法入眠。

他记忆中的克莱尔,多是骑在马上。他习惯了把她和马梳、挂在肩上的马勒联系在一起,或看她跪在草地上,观察一条环颈蛇脖子上细细的红色环纹。是她发现了车里冻僵的库珀。他能听见那呼叫声,但冷得无法动弹。他微微转过头,用一只半睁的眼,看到一个女孩在使出浑身力气拉动车门。后来她不见了,放弃了。他行动太迟缓,什么也没帮上。再度陷入昏迷中的他,被突然惊醒,一把斧头敲破了副驾驶座的车窗,碎玻璃掉进漆黑的车厢,迸到他的头发里。窗外呼啸的风声,瞬时灌入车里,回荡在他周围。一只手伸进车内,拽住门框,把接缝处的冰弄碎。接着,克莱尔钻到车里,试图把库珀从副驾驶一边的车门拉出车外。他蜷曲的双腿,无法伸直,因此,克莱尔爬到布满碎玻璃的副驾驶座上,把腿伸过库珀的身体,一脚踢开驾驶座的车门。这比前面容易。然后,她把驾驶座上的库珀拉到车外,拖着他穿过漆黑的院子。

库珀在昏昏沉沉中被人从床上拉起。那些人把他拎到度假屋的客厅,扔进一把藤椅里,用密封胶带把他的手松松反绑在椅子上。几个人围着他,站了好一会儿,没有说话。库珀觉得自己还在做梦。接着,布丽吉特走了进来,穿着裙子和灰毛衣。塔霍的晚上,夜凉如水。她走来,坐在库珀旁边的一张矮凳上,俯身把脸凑近库珀,近得能让人感到她嘴里呼出的气息。她身后的一个男人开口道:"成交吧,库珀。你的选择——和我们合作,还是让我们把你打得去见阎王。""我已经下了地狱。"库珀轻声说。

吉尔走上前,把手搁在布丽吉特的肩膀上,好像这是他拥有的一件东西。"那这样——你几个月不能和她做爱,就不用为我们出力,因为你是'有原则'的。你是个老千,库珀,你得为自己的行为付出代价。我们会打得你没有原则。"他一把抓住布丽吉特金黄的头发,然后松开,让他俩单独相处。

"往下看,"布丽吉特小声对库珀说,"我给你这个,这样你就不会感到挨打的痛楚。"她的手掌里放着一支注射器。她斜过针筒,液体在里面流动;好像一支灌油的水笔,里面有个女人脱下黑裙,或像一列火车消失在隧道尽头。她望着库珀,把针头拧到注射器上。"我是在帮你……否则,你就答应和他们合作。"她犹豫了一下,不再说话。库珀感觉到,每个人都在盯着他。他说:"你只在吸完毒后才和他做爱,是不是?"有人朝他脸上猛击一拳,打得他和椅子一起后仰,头撞在地板上。

他们把他连人带椅拉起来。此时,吉尔坐在刚才布丽吉特坐过的凳子上,和她一样挨库珀那么近。他用手肘狠抽库珀的嘴。"现在,你别想一走了之。老实说,我们都是婊子。"他深吸一口气——库珀感到有动静,但不敢把目光从那人的嘴唇移开——接着,布丽吉特冲进库珀怀里,用身体作掩护,把针筒刺进库珀的脖子,推完里面的药水,把它丢掉。三个男人奋力把她拉开。库珀斜躺在壁炉旁,由于药物的作用,脑中一片混乱。她在圣玛丽亚,说:"这是给你的。有五面旗帜,黄色代表土,绿色代表水,红色代表火——一定要躲开。"

之后发生的事,他什么都不记得了。

从前的安娜

三十四岁时,我来到法国,研究吕西安·塞古拉的生平和作品。飞机降落在奥利机场,朋友布兰卡来机场接我。我们开车南下,行驶在天色渐暗的郊外,途径周边星星点点的小镇。一年多没见,我们互问近况,一路谈天说地。布兰卡带了一篮水果、面包和奶酪,我们吃了大部分,还同杯共饮,喝了一杯又一杯葡萄酒。

午夜时分,我们到达图卢兹。什么地方都关门了。距离德缪还有一小时车程。布兰卡提议改道去趟巴伦。她的建筑公司负责修复那儿一座古老的教堂钟楼。四十分钟后,我们开车穿过该镇狭窄的街道,停在墓园边。

布兰卡的车后厢里必备一盏弧光灯。她提起灯,把光束照向教堂古怪的尖塔,它像一把长矛,或一根巨型豆茎,在黑暗中高耸入云。但它令我想起的,却是小时候我们攀爬的那座死气沉沉的水塔。不过它的样子比水塔更奇怪。钟楼建于十三世纪,形状像个线圈或陀螺。那出乎意料的螺旋造型——表面像一只蜗牛———圈圈上升,映照出四周每个角度的景物。我们在黑夜里绕教堂走了一圈。是谁设计并建造了这座教堂?据布兰卡说,早期历史学家声称,建造者的灵感来自蜗牛壳。别的解释说,木匠使用的木料太新鲜,导致后来发生变形,或是一次强风把它吹扭了。我的朋友不相信这些新鲜木料说或强风说。对她而言,这座钟楼是个视觉艺术的典范。五十米的高塔,像"空中的一团火"。她补充说,在最近的一次修复中,发生了一场冲突，有个男人差点被打死。

我们回到车里，向德缪驶去。

一生中，我喜爱在夜间旅行，有个朋友作伴，谈论分享彼此熟知的对方。这种渴望回到过去的倾向，像维拉内拉诗歌[1]，拒绝以直线发展的方式前进，围绕熟悉、动情的时刻兜兜转转。纳博科夫说，只有反复阅读，才有意义。因此，那座钟楼反复绕向自身的奇特模样，对我而言，并不陌生。我们不断忆起童年，其中的联系和回响，贯穿我们的一生，仿佛万花筒里五彩的玻璃碎片，不断再现新的图案，像歌曲里的叠句和韵脚，组成单一的独白。无论讲什么故事，我们永远活在自己过去的轮回里。

我们经过漆黑的村庄，连一盏路灯都没有，只有汽车的车前灯，照在两条车道的公路上，拐来拐去。在这片不知名、一无所见的乡间，世界只剩下我们两个。我钟爱这样的夜行。把自己大部分的生命绑在背上。广播里传来轻微的音乐，时断时续。终于，你沉默无言。朋友把手放在你的膝上，确保你不会飘走。黑魆魆的树篱，把你蛊惑。

* * *

每次打雷，我都会想起克莱尔。虽然凭我的了解，她可能幸福地结了婚，但我仍想象着她安于一个人的生活。亨利·沃恩[2]有首诗描写"藏在伪装下的关心"，不知道写的是不是现在

---

1 维拉内拉诗歌（Villanella）是 16 世纪法国的一种十九行诗。
2 亨利·沃恩（1622—1695），17 世纪英国诗人。

的我。从如此遥远的距离，幻想我妹妹的境遇，幻想库珀的未来。我发现了历史和艺术文献下的潜台词。几个陌生人的纠葛，交织成一个故事。我的那个，总是以克莱尔为开端。

克莱尔的跛足，令不熟悉她的人误以为她不苟言笑。这是她小时候患脊髓灰质炎留下的后遗症。我记得那段时间，父亲时常把她从一个房间抱到另一个房间。跛足总是令她得到许多热心殷勤的礼让。在电车或拉克斯波轮渡上，男人会起身给她让座。而克莱尔从来感觉不到自己身上的那份一本正经。实际上，安娜才是那个事事较真的姐姐，执意某条选定的道路。在许多方面，克莱尔喜欢冒险，内心藏着一股野性。她的旅行日记——写的当然是她在马背上的经历——记录了一大群我们其余人不认识的朋友……

一月七日。我们骑到悬崖上，寻找基恩的狗。虽然他经常对它大喊大叫，这该死，那该死，可我们知道，他心里是爱它的。我们沿溪流分成两拨，搜寻狗的踪迹，也不知道它是死是活。我们以前找过失踪的动物，结果遇见它们的尸体，那场面，好像雪地里发生了一场小屠杀。傍晚前，我们找到那条狗，它正在理查德森湾的溪流边瑟瑟发抖。它向来只对主人友善，现在，旁边围了太多人。我们蹲下身，用安娜的话说，"讨好它"。基恩用一条毯子包住乔治，剩下的人骑马涉过溪水。我听到马儿喝水的声音，嗖、嗖、嗖，像婴儿吮吸乳汁。一头雄鹿出现在大约十二点的方向——一个神灵。它蹿出树林，四下张望。我们以为乔治孤零零，其实它身边还有别的同类。如释重负的基恩,把狗抱在怀里,回家路上,说个没完。

十月三日。古老的白树。我们手握树枝点的火把,深夜朝白杨林骑去。睡意蒙眬的马群在树林里游走,像漂浮在大洋上的岛屿。我在那儿待了两个小时,亲抚马儿的脖子。想找一匹,睡在它背上。

十二月五日。鲍比有个女朋友,瘦弱得好像一罐啤酒就能令她醉翻。鲍比父亲去世时,她爬到他床上,安静地搂着他。鲍比最喜欢的书是梅尔维尔的《白夹克》。像他这样的男人,对什么几乎都是讳莫如深。

我在作品里,有时借用克莱尔的性格和她对世界细致的专注力。虽然普通读者不会认出是我的妹妹,连她自己也认不出,但我怀疑,她可能碰巧读过我的书。因为我改了名字。如果她在读我的书,也许会震撼于某些中世纪段落里对缰绳、皮带扣和肚带的细节描写,或对小儿麻痹症导致的一拐一拐走路样子的逼真刻画。这不是真的瘸腿,而是一种身体的扭动。我曾用心分析过她走路的姿势——在山坡上、草坪上和平地上各有不同,如何在屋里的陌生人面前掩饰它。

像克莱尔一样,我慎重对待自己吸收和培育的——那些经过仔细删选的经历。我读过某位作家的一篇散文。有人让他设想一个理想的职业。他回答,他愿看守一段短短的河道,大概二百码长。我觉得这准会令克莱尔着迷。她会毫无保留地把自己交给这位作家。也许因为琐碎的小事在农场上不断重复它们的重要性，所以刻在我们脑海里，难以拭去。她会记得一次生日晚会结束后，库珀开车接她回家，沿着海边公路，夜空璀璨，青山如黛。记得我们俩望着他站在水塔顶。那只叫阿尔图拉的猫。可能还有那个和狐狸有关的奇怪插曲。童年时，清晨五点，我们在黑漆漆的厨房吃早餐，然后挤奶。我肯定，克莱尔画得出葡萄酒、面包块和深黄色奶酪摆在桌上的位置，记得生火那一刻发出的噼啪声多么刺耳。同样，我也记得。

我觉得自己可以准确猜想很多关于克莱尔的事。我了解她。但对库珀，我只清楚地认识一面——那个我所爱的、二十岁的他。在已有的亲密关系中，他逾越了雷池一步。这很正常，不是吗？他是个孤儿，在我们这片令他向往的小天地里，同这对姐妹一块长大。他教克莱尔和我怎么修建栅栏，怎么研磨七叶树的果实，把粉末撒在河面上引诱鱼儿。所有这些规则和习惯在我们之间建立起一条纽带。可是，当我重建库珀的人生轨迹时，至多只能走到他成为我秘密情人的那个时间节点。害羞、冷漠的他，颇具讽刺的，就在那刻，通过分享，把自己赤裸裸地袒露出来。

青绿色的天幕下，父亲发现我们彼此相拥，他企图杀了这个男孩，女儿拼命攻击父亲，回想这一幕幕，微小得好像发生在一幅一两平方英寸大小的布勒哲尔[1]画作上。可这件事刺激了我以后的人生。他扼住我脖子，我目睹疯狂——我完全失去了理智——使我为了挣脱他，举起一块玻璃朝他脸上和身上

---

[1] 布勒哲尔，16世纪至17世纪荷兰的一个画家家族。

乱刺。我相信，没有女孩与父亲这样靠近过。他简直要把女儿内心的魔鬼掐出来。无论他有多愤怒，里面一定隐藏着几分害怕，怕失去我的爱意，只是那时，我不相信。父亲抱我走出木屋，抓住我的手，拉我下山，我心里想的是他的心脏仍在我身体里。我大叫大嚷地走进农舍。他什么也没告诉克莱尔。几分钟后，他把我推进卡车，离开农场。车沿海边南行，仿佛距离可以稀释我和库珀的关系。我从相册里撕了一张我和克莱尔的合影，拿走了她的一本日记。我已经清楚，自己不可能再回来。

我不会再见到库珀。

车开到圣何塞南面，在101公路的一个卡车停靠站，我悄悄溜走了。我走进一扇门，快速从另一扇走出，搭上一辆车，就这么消失了。我估计，大概十分钟后，父亲意识到发生了什么。他一定开车在沿海的高速公路上横冲直撞，朝每辆经过的车里探视，并报告警察女儿失踪，在诸如基洛义、圣克拉拉和圣胡安包蒂斯塔等小镇四处寻找。他可能连续几天没回农场。到那时，袭击该地区的反常的冰风暴和大雪，已经离开彭塔卢玛山脉。现在，我踏上逃亡之路。毫无疑问，库珀也走了。

谁能从这些事件中复原？你发现，碰见的人里，即使人到中年，在微妙的人生旅途上，也会在某个时刻，变成红心杰克或梅花5。我怀疑这就是发生在我和库珀身上的。我们被过去的自我控制，在共同的秘密里变得不可理喻。就像克莱尔，在某种意义上，她一直与我们的罗曼司如影随形，因为这件事，她失去了家人。

"双胞胎中的一个胎儿会无恶意地吞掉另一个，并在体内保留一至两块被吞食的那个胎儿的腿骨残骸。(活下来的那个长大成人,而残留的那块大腿骨仍停留在胎儿状态。)"[1]安妮·狄勒德[2]描绘了这件罕事。这也许是一个关于孪生情谊的故事。我偷偷离弃原来的自己、原来的生活。可是,在我们这个家族故事里,我是那个活下来的双胞胎吗?还是克莱尔?

滞留在那儿的是谁?

* * *

被历史遗弃的人,热爱历史。我成了他们的代言人。也许是我母亲默默无闻的一生和模糊不清的形象,促使我成为一名档案学者,一名历史学家。如果你不从历史里挖掘过去,失落感就会把你吞噬。我的专业触及欧洲文化史里众多不为人知的角落。我做过的最知名的课题是研究奥古斯特·马科,他是大仲马的合作者之一,帮他搜集故事情节。另一个是乔治·瓦格,他是位专业哑剧演员,一九〇六年给科莱特上过课,为她在歌舞戏院出演情节剧做准备。我关注艺术与人生的秘密碰撞。一位诗人说,历史档案是我的乌托邦。认识我的人无疑都觉得,当代生活在我眼里是片单薄、缺少趣味的草场。那也许是实话。比如,当拉斐尔问我,希望自己身处哪个历史时刻,我毫不犹豫地说,巴黎,科莱特去世的那个星期,在为她举行的国葬上,乔治·瓦格保证,音乐厅和马戏团协会会送去一千

---

[1] 作者注:摘自2004年《美国学者》(*The American Scholar*)。
[2] 安妮·狄勒德(1942—),美国作家,曾获普利策诗歌奖,创作包括散文、诗、回忆录、文学批评和小说。

朵百合……我告诉他，我愿置身其中，身穿那件写有"驳圣勃夫"的T恤，站在巴黎皇宫一楼，仰视她的公寓。在那儿，"蓝色的灯光下，最浪漫多情的语言，被精心谱写在浅蓝色的稿纸上"。[1]

乔治·瓦格给科莱特上哑剧表演课，教给她两项重要技能。他发现科莱特身上隐藏的艺术潜能，她不仅仅能用语言表达自己。他看出，这个女人具备其他特质，不说话时，同样富有感染力。在娜塔莉·巴妮[2]的花园里，他牵她的手，与她离开人群。当科莱特想开口说话时，他把一根手指放在她唇上，她的双眼冒出火，熠熠有神地盯着瓦格的脸，搜寻其中的含义。他投降地放下手指，使她明白，自己不是在操纵她。然后，他们继续往前走。他告诉科莱特，哑剧艺术永远不死。其次，也是科莱特已知的，没有什么比面具更可靠。在面具底下，她可以把自己置于任何地方，改写成任何模样。

我从那里学到，艺术有时是我们的藏身之所。在里面，我们使自己得到解救，用第三者的声音保护自己。就像在巴黎真实的版图上，有条虚构的小巷，在维克多·雨果的《悲惨世界》里，冉阿让为躲避追捕者，溜入巷内。这条虚构的街道叫什么名字？我已忘记。我来自分界街。Divisadero，西班牙语里的"分裂"一词，那条街一度是旧金山城与普西迪军事基地的分界线。这个单词也可能源于divisar，意思是"从远处眺

---

1 作者注：摘自弗朗索瓦丝·吉洛的《马蒂斯和毕加索》(*Matisse and Picasso*)，Bantam, Doubleday, Dell Publishing Group, 1990。
2 娜塔莉·巴妮（1876—1972），美国诗人作家，旅居巴黎，著名的沙龙女主人。

望"。(附近有块"高地",叫远眺山。)意即,一个可以登高望远的地方。

我想,我用这种方式投身工作。放眼远方,遥望那些失去的人。于是,我看到他们无处不在,甚至也在这儿,在德缪,这个吕西安·塞古拉住过的地方,我"记录生命的边边角角,给人生作传"。

即使到现在,我仍难确定,是什么让我不期撞上吕西安·塞古拉,希望撰写他的传记。又或者,是什么使我埋首在柏克莱的档案中,探寻他在热尔走过的风尘仆仆的道路。在兰道尔夫-麦肯女子学院上学时,我读过这位法国作家的作品。可更重要的是,我在柏克莱大学的班克劳福特图书馆的一间小阅读室里,第一次听到他的声音。他对着一个锡制、涂了漆的喇叭形老话筒,像对着陌生人的大耳般,朗诵自己的诗歌。这是二十世纪早期法兰西学院留下的录音资料。他站在太辽阔的背景下,声音近听起来,像浪涛拍岸或火花迸裂。然而,我在那抑扬顿挫的语音里,听出一种伤痛,就像有时看新闻,人们能从国王缓慢的走路中,窥得其掩盖的身体微恙。我记得,在那卷磁带里,朗诵完诗歌后,吕西安·塞古拉读了一段有关他父亲——其实是他的继父——的文字,他是位钟表修理匠。有个学期,韦伯博士开课讲农民生活,我查阅上课记的笔记,开始更专心地聆听那段录音。塞古拉的声音里,有一种甜美的阴影和犹豫,像是一种遭毁灭的爱,令我似曾相识。直到那时,我对他的认识,仅止于他不寻常的离家出走;晚年时,事业成功、生活安逸的他,登上一辆马车,销声匿迹。他夹杂忧伤的声音，令我不能忘怀。我去了法国，去他生前最后住过的那幢屋子。我把他笔下描写的图景拼凑起来。我走长长的路散步，在不远的溪中游泳，走在属于他的林荫大道上。我邂逅了拉斐尔。

我在圣何塞附近的卡车站逃离父亲。七分钟后，这个从前叫安娜的人，登上一辆南下的商用冷藏卡车，坐在副驾驶位置。我们整夜都在赶路。司机是个腼腆的黑人，他以为搭车的是个法国女孩。（我不想说话，也不愿作解释。）我们偶尔停下来买吃的，但我一点胃口也没有。恐惧使我的胃隐隐作痛。坐在路边的小饭馆里，我看他吃墨西哥酪梨酱和辣椒镶素肉。每个卡车停靠站的电视都转到气象台，屏幕上正在播报罕见的暴风雪侵袭加州北部。风止雷响前的那个晴朗下午，我还在库珀的露台上，一天后，我到了这里，与一个慷慨友善的陌生人隔桌而坐。我不开口，一个英语单词也没漏出来。驶往中部大平原的途中，只有车里电台传出的声音，存在于我俩之间。

我们驶过加州中部山谷，很久以前，这里是片花海。在约翰·穆尔[1]的笔下，"这里曾经繁花似锦，四季不断……每走一步，都踩在数百朵小花上"。这片地区有时会变成大海。在麦都族[2]有关大平原起源的神话里，"整座山谷变成一片汪洋，淹溺了绝大多数当地人。有的人奋力游泳逃命，但被青蛙和鲔鱼吞食。只有两人脱险，逃到山上"。到来的拓荒者，给河

1　约翰·穆尔（1838—1914），著名的自然学家，美国国家公园之父。
2　麦都族，一个印第安部族。

流起名萨克拉门托[1]和默塞德[2]。猎人基特·卡森[3]在"草木丛生的河床边"设陷阱狩猎。那时,这片原始蛮荒的地区,动荡不安,充斥着枪战和偷盗——华金·穆里泰[4](宣称自己吃过鸵鸟)、强尼·索恩塔格、特瑞斯·迪多斯(又称三指杰克)、达尔顿帮[5]。他们驻扎在维萨利亚一带,那儿现在成了一座凋零沉睡的小镇。简明扼要的历史告诉我们——任何平静的现在都有一段坎坷纷乱的过去。

如今,这片荒凉失色的土地上,分布着网状铁路线和引人注目的对称河道,好像上帝在大地上刻下的一块电路,赋予它存在的理由。由此,诞生了低地城镇皮克斯利和坡特维勒,出现了巴滕维娄和图拉尔的灯火。库珀曾和图拉尔的一个女孩睡过,用一个羞涩的说法,描述记忆里那夜的疯狂刺激。他在图拉尔和那个女孩"睡过",如同和我"睡过"一样。降临在我们身上的惩罚没有完全消亡。过去的人可能仍会提起我。"那个女人的生命里有个黑色印记。"但这不太可能发生。每户人家对自己的秘密守口如瓶。正如关于中部山谷的过去,留下的,都是那些被淡忘的传闻,放荡的流浪女和火爆的尤金·基,他担任图拉尔治安长官期间,切下三指杰克的左手,用富国[6]快递寄到维萨利亚,权当胜利的庆祝。

---

[1] 萨克拉门托(Sacramento),圣礼的意思。
[2] 默塞德(Merced),慈悲的意思。
[3] 基特·卡森(1809—1868),19世纪美国著名的边疆拓荒者。
[4] 华金·穆里泰(1829—1853),19世纪中期加州淘金史上的传奇人物,臭名昭著的大盗,墨西哥人眼里的英雄,佐罗的原型。
[5] 达尔顿帮,19世纪末美国西部声名狼藉的黑帮,专门抢劫银行和火车。
[6] 富国银行,美国第四大银行,成立于1852年,一开始在美国西部新兴地区提供邮递、运输和银行等服务。

那天，我们的卡车穿过那片远古的海床，沿途果园林立，不时有阵阵小雨。那时，我已研读过有关大平原的历史，如富勒中转站的牛群，美丽神秘的艾伦斯沃斯。我读了小说《章鱼》[1]，书里把图拉尔叫作伯纳维勒，叙述拥入这里的移民潮，不同的语言——他加禄语、西班牙语、意大利语、汉语和日语——交汇成音乐。他们在这里开沟挖渠，灌溉农田，把沼泽地变成富饶的蔬果园，或像我的外祖父那样，在炽热的高温下，开采沥青。他们几乎光着膀子干活，在埃斯菲尔托的马车道旁挖矿，身上沾满用来提纯矿石的熔油。埃斯菲尔托，也名沥青镇，地图上又一个以矿藏命名的地方。这样的地方有多少？我猜，一定比以皇室命名的地方多。

那年我十六岁，离开父亲，带着对库珀的思念，到南方流浪。十年中，我居无定所，在陌生的人流中，孤身一人，没有一个知己，在孤独中慢慢树立信心。然而，在那段开始的旅程中，我坐在商用冷藏卡车宽敞的驾驶室里，盯着四周看啊看，吸收所见的一切，抹除脑海里已有的记忆。连贝克斯菲尔德音乐电台播的巴克·欧文斯的《再度为你情迷》，我也记在心里。我从101号公路旁的卡车停靠站跑出来，跳上这辆车。很幸运，他先要往内陆开，到默塞德，"慈悲"，然后转99号公路往南，与父亲的路线不同。我们到迪努巴，司机在那儿吃了份墨西哥菜，然后经过库尔特和维萨利亚。天色渐暗，我的神秘新朋友说，西南方向有处可以休息的地方。月光下，我们驶过

---

1 《章鱼》，1901年弗兰克·诺里斯写的一本以加州为背景的小说，属于未完成的"麦德三部曲"第一部。

橘树林和一座州立监狱，最后来到荒废的小镇艾伦斯沃斯。他说，这地方已经四十多年没有人迹了，我们可能是唯一来这里的人。

那一刻，我只能看清二十座房子的大概轮廓。车从屋旁驶过，一直开到一片露营地。他下了车，让我留在驾驶室睡。我躺倒在破旧的皮椅上。那是我青春岁月的最后一夜。我尽力睁开双眼，听见夜里鸟儿的声音。整个晚上，火车震得我身下的大地发颤。

早晨，在这座被艾伦斯沃斯上校弃置的小镇，我走入那群房屋间，墙上绘着缤纷的彩笔图画。我们两个登上每户人家的台阶，在游廊上走来走去，辨识木牌上的字样。一九一二年时的杂货店、旅馆、学校、图书馆。我们往玻璃窗里窥探，看到一架古老的演奏钢琴，一幅林肯画像。他说，长途开车时，他每次都在艾伦斯沃斯停留，这里原来是个黑人聚居的车站小镇。我们回到泊在树下的卡车，不久重新上路。时候还早，山谷里一种名为"贴地云"的浓雾弥漫在我们周围。打开车窗，传进鸟儿的啁啾。我们望见红翼的黑鹂窜出白雾，横掠过公路。

他一直用英语和我说话，而我多以沉默回应，即便开口，说的也是母亲的西班牙语，或勉强的法语。他看出我受了伤，内心藏有某种怨恨。但无论如何，他还是和我聊天，告诉我艾伦斯沃斯上校的事，告诉我，一九一六年后，火车拒绝在黑人区车站停靠。他一定知道，我能听懂他的话，并开诚布公地问我，等待我的回答。和他在一起的最后那个上午，他继续书的话题，谈及书如何指明我们人生的可能性，向我背诵了一段他认为最优美的文字:"在记述我的平生这部书里,说来说去,我自己是主人公呢,还是扮那个角色的另有其人呢,开卷读来,一定可见分晓。"[1] 现在,我知道了它的出处,但那时,我并不知晓。当我终于偶然读到这段话时,浑身僵住,成年后,第一次泪流满面。

他在贝克斯菲尔德让我下车,往我口袋里塞了一些钱。我开始徒步穿越这座人烟稀少的冷清市镇,前面是我的人生。一路上,他都没有碰我。在卡车停靠站,我亲了他一下,我最后一个深挚的亲吻。自那以后,很长一段时间,我没有吻过别人。我渐渐相信,是艾伦斯沃斯先生指引我去了南方。

我希望有一天能把这个故事告诉库珀——可能在信里,可能在电话里。可是他,我的初恋情人,从我的生命中消失了。到那时,我在另一条人生路上,已经走得太远。

---

[1] 引自狄更斯《大卫·科菲波尔》,此处沿用张谷若先生的译文。

不期而遇一个名字

克莱尔把库珀写给她的电话号码念给阿尔多·维亚听,他花了两天时间,找到这个号码的地址。"那是间度假屋,在塔霍湖南岸,"他说,"他一定是租了那个房子。"

克莱尔把车停在山脚下。说那是"度假屋"也许有点言过其实。在陡峭的斜坡走到半途,她喊库珀的名字,到了平台,发现前门大敞,一个人脸朝下躺在地上,双手绑在一把藤椅上。库珀向来身体健硕,可此时看起来,仿佛被人打得半死,脸上血迹斑斑。他还有意识,抬头瞪着克莱尔。她把他翻过身,看见脖子上深紫色的淤伤,这不是刚刚发生的。

来的医生问了一连串问题——谁干的?哪儿伤得最痛?他的头还疼吗?——库珀摇摇手,打发他们走。克莱尔告诉医师,自己会留下陪他。医生听后说,他真走运,他确实需要有人照料。医生走了,克莱尔寸步不离他,按医生叮嘱,每隔几个小时叫醒他一次,检查他的情况。后来,库珀自己醒来,克莱尔喂他吃半流质的鸡蛋。他能开口说话,但反应迟钝。克莱尔记得指责他走路像流氓时,他脸上流露的尴尬笑容,那不过是两天前的事。

发生了什么?和你的工作有关吗?

工作,他自言自语。那是什么工作?

打扑克。

她望着搜寻答案的库珀,像在找一件放错地方的东西,一支铅笔,一只打火机。他不知道我在说什么,她暗忖。

你打扑克,库珀。

然后作出一个扮鬼脸的笑容。

你是个赌徒。那是你的工作。你知道我的名字吗?

他没回答。

你记得我吗?记得安娜吗?

"安——娜——"他拉长声音,仿佛在学一个新单词的发音。

谢谢你,安娜。他对端走盘子和装鸡蛋的碗的克莱尔说。

梵语诗学里有个词 Gotraskhalana[1],形容叫错爱人的名字。它字面的意思是"不期而遇一个名字"。在学者温迪·多尼格收集的有关婚姻和偷情的传说里,这是一件经常发生的事。故事情节与英国复辟时期戏剧里的床笫恶作剧很相似。这些口误,像一束手电光,射进大脑,揭示里面隐藏的无数事实和欲望。因此,当库珀理所当然地把她叫做"安娜"时,一盏灯意外点亮了一段她以为永不可能的人生之路。当下,她一阵悸动。

除了开车技术依旧娴熟,库珀的记忆,以前她认识的那个库珀,似乎沉没得无影无踪。出门购物时,她买了一副扑克牌和一支记号笔。回到度假屋,她对库珀说,发牌。五十二张纸牌,立刻在他指间被分成四叠。可他对玩法一无所知,克莱尔只好向他讲解基本的游戏规则。后来,他知道了自己身处

---

[1] 作者注:有关 Gotraskhalana 的信息,来自温迪·多尼格的《床笫间的恶作剧:有关性与假面的传说》(*The Bedtrick: Tales of Sex and Masquerade*, University of Chicago Press, 2000)。

何地。他记住克莱尔说的一切，但若要做点改动，便会困惑不解。第二天，克莱尔试图向他更正自己的名字，结果证明，困难重重。我们对第一次学到的东西，牢记不忘。

伴随遗忘，毁灭库珀的欲望还剩什么？去了何方？毫厘不差的偏执与戏剧性的自我失忆错置在一起。望着他四肢撑地，跪在度假屋薄薄的地毯上，仿佛在发疯似的寻找另一半肉身，那渴望把自己像利爪般锁在另一具躯体里的部分。几个小时后，他感觉整个身体被掏空，肉体受到抑制，大脑拒绝提供一丝线索，找回他极度想要的记忆。他躺在单人床上睡着了，得到解脱。对一个星期里发生的一切、对身上的伤口从何而来，全不知情，也不在乎要为自己报仇。欲望与着迷变得如此无足轻重。一个叫海马回的部位，停止运转，我们被带入一片茫茫虚无。

如今，出现在他眼前的面孔，好像草坪上的黑影，他一概不认识。在这里陪他的这个女人是谁？另一个女人从床上坐起。那是什么时候的事？他看见自己把她拉到淋浴头的水帘下，她金黄的头发变成棕色，贴在双颊。他无法把眼前这个人与任何东西联系起来——无论是一幢房子，还是一条街道。他喜欢和她待在狭小的浴室。慵懒而有力的她，身上滴水，打开抽屉，拿出一只吹风机，先在手臂上测试温度，然后吹头发，手指像搅动麦秆似的抚弄发丝，秀发渐渐焕发光彩。她的脸也跟着起了变化，头上像包了一层编织物。她把吹风机的热风口转向身体，拉脱了墙上的插头。他听见潜意识里声音轰然消失。

＊ ＊ ＊

夜晚，克莱尔醒来，跪在库珀床边，听他的呼吸，双眼凝视他，力图在淤青和胡碴下辨认出那张她认识的年轻面孔。库珀。她的前半生与库珀、安娜一起度过。而现在，只有这个模糊的人影，在这间洒进月光的屋子里。她见库珀睁开双眼，但能看出，他什么也不认得，对她视而不见。你要喝点水吗？要。来，这儿。她把杯子端到他干渴的嘴边。

他们在度假屋山上的小路慢走散步。如果库珀一人出门，克莱尔会用记号笔把自己的手机号码写在他手臂上。一天晚上，库珀出门后，克莱尔从平台望见山脚下亮着车灯，三个男人正费力爬坡，朝小屋走来。克莱尔的出现，令他们吃了一惊。他们向她打听库珀，她装作毫不知情，告诉他们，前任房客匆匆离城，留下一些东西。现在，她租了这个地方。她把维亚查到的房东名字告诉他们。他们拿走了库珀的行李，并说，如果库珀回来，他们可能会来找他。事后，克莱尔打电话给维亚，告诉他发生的事以及她刚到度假屋时发现的情况，她敢肯定，那三个就是差点打死库珀的人。"行，克莱尔，你们两个现在马上走。开车，随便去哪里，只要不让人有迹可循。"

库珀一回来，他们就离开度假屋，开车往内华达方向的内陆沙漠驶去。饿了、累了，他们就停下来，有时是夜晚，有时是炙热的下午。克莱尔买了台宝丽来相机，每到一处，拍一张照片。她觉得这将有助于库珀记住现在。她把相机搁在车篷顶上，设好定时，然后跑到库珀旁边，等待快门咔嚓，把他们从摆的姿势里解放出来。额外干等的几秒显得格外漫长，假装靠得很近，耀眼的阳光刺得他们睁不开眼。

你记得怎么开车吗？

看起来不难。

是，当然。你会发牌，会开车。

他们走下车，调换位置。库珀坐进驾驶座，转过后视镜，看见自己青一块紫一块的脸，上面有碘酒的印迹。他把后视镜转回原处，对着身后，仿佛能够从里面清楚地看见自己来自何处。克莱尔倚在副驾驶座的车门上，看他毫不费力地操作离合器和排档。她又回到了十五岁，库珀正在教她开车。

她开始考虑应该去哪里。库珀身处险境，她不知道是不是只有塔霍那里不安全，也不了解库珀的世界有多大。她记起维亚说过随机性，决定让库珀循原路折回。他们开回加州，经过北部一个个破落的淘金小镇。她买了一张当地地图，找到一处叫哈斯的地方，坐落在群山掩映中。他们在下午时分到达那里，走进一家两层楼的砖砌旅馆。只有一间空房，他们只能合住。库珀脱下衬衣，克莱尔看到他胸前和手臂上的淤青变成丑陋的黄色。自从离开塔霍以来，他没喊过一声疼。她想起一种给马用的药膏，孩提时，她和安娜经常相互抹来抹去，并给它起了个名字，闻起来像牛仔的香水。克莱尔把床让给库珀，自己睡沙发。在旅馆房间营造的幽暗中，他们各卧其榻，缄默不语，心中深知，窗外仍旧是阳光明媚的白昼。

你还好吗？

我很好。

汽车马达的轰隆声仍在克莱尔体内回响。

和我说说你自己吧,安娜。我们怎么认识的?

她没有作声。

你知道我会开车。

什么?

你说我会开车。

哦,对,大多数人都会。

我是个赌徒。

对,是你告诉我的,我们见面那天。

对话中断了一会儿。克莱尔试图把他拉回过去。你记得那个和狐狸有关的日子吗?

狐狸……

然后他们都不说话。他一定睡着了。库珀那句"我们怎么认识的"刺痛了她的心。安娜、库珀、克莱尔。她一直相信,他们三人组成一扇三节的日式屏风,各自独立,却又相互映照,折射出彼此不同的特质或音调。克莱尔认为,这种屏风比西方缺乏语境的单幅绘画更富深意。无疑,不管身在何处,他们的生命始终紧密地连在一起。收养库珀,和在圣塔罗莎医院里把克莱尔抱回家放在安娜旁边,如出一辙。一个孤儿,一个被偷换的婴儿……从那时起,他们成长为亲切的兄妹。库珀是她生命中不可缺少的一部分。她永远无法把他与自己剥离。

她在黑暗中走到库珀床边,望着他的脸,在幽微的午后阳光下,面色发黄。他再次睁开眼,看着克莱尔。什么也没看到,她心中念道。他的嘴唇干裂,房间里没有水。没有水龙头。浴室在走廊尽头。她把唾液吐在手指上,擦拭他的嘴唇,看到他拼命吞咽的动作。缩手前，他抓住她的手腕，紧握不放。安娜，他说。不，她回答，不，我不是安娜。

克莱尔走回沙发旁，坐在库珀对面，房间里光线黯淡。她竭力回想在餐厅相遇那天，库珀提到的其他细节。他曾暗示自己遇到麻烦，不经意地吐露了一句，"目前，我处境艰难"。

你一直靠赌为生？她当时问库珀。

现在一星期赌一两次。以前无休无止。

我不理解这样的世界……有什么益处。

它和别的嗜好没有区别，有的人过得健全充实。我有个赌友叫死头，他也关心地方政事。他在草山谷的赌场，把打牌当作一种社交。

他和你还是朋友吗？

可惜不是了。

听上去，你应该和他混在一起。

克莱尔接着说，你想念过我们的农场吗？库珀没有吱声。她任由他陷入沉默。

维亚有次问她，你认为自己的使命是什么？她回答不出。尽管她渴望一个平静有序的世界，但她的人生四分五裂，尽是许多微不足道的琐事，缺乏远大目标。这是她对自己的看法，不过，在本性和自我认知方面，别人眼中的我们，与我们现实里的自己，相去甚远，不能取信。比如，在塔霍与库珀共同走回旅馆那天，克莱尔事后忆起的，是有库珀作伴的快乐，在一两小时短暂的相处中，她以为自己无足轻重，只要能走在库珀身边，打起精神听他诉说他的世界，就心满意足。库珀奇迹般在她生命中重现,带来那些宏伟繁华的城市——拉斯维加斯、草山谷、内华达市、塔霍湖——它们属于令人神往的成年人世界。如果告诉她,库珀靠在她棕色的肩膀上沉思,回忆她如何在冰风暴中救了自己一命,不管怎样,可能她才是重逢的主角,克莱尔一定不会相信。重温往事时,我们只把自己当作旁观或聆听的角色,做个背景里配合节拍的鼓手。

克莱尔醒来,阳光照进屋里。库珀穿戴完毕,正在等她。"我们需要去趟草山谷,找一个人,"她说,"我们要往回开。"于是,他们驱车向内华达市和邻镇的草山谷驶去。库珀那个朋友死头以前去的赌场也许还在。可他是否仍住在那里,甚至他叫什么名字,克莱尔均一无所知。

他们到达内华达市,吃了一顿饭,之后,库珀坐在国立酒店大堂的椅子里,克莱尔跑出去买了些标语牌。当晚,她站在草山谷淘金游戏室外,身前举着一块牌子,上面写着"你是库珀的朋友吗"。十点左右,一个脖子上挂着贝壳项链的男人朝她走去,问她是谁。

多恩走进车里,看见库珀,把手伸向他淤青的脸。只是摆摆样子,没有真的碰到。他建议克莱尔将车留在草山谷,然后把库珀扶上自己的旅行车。前座副驾驶位上,有条警觉的猎狗,不愿移到后座。

多恩的家是幢朴素的平房,距离市镇一两英里。他开始做饭,做的叫"西兰花惊喜";没过多久,露丝和六岁的女儿回到家,看见屋里闹哄哄来了陌生人。她走向库珀,拥抱他。多恩对她解释事情的经过,他们把女儿的部分物品搬出她卧室,让库珀和克莱尔可以睡在里面。

吃完看不见西兰花的"西兰花惊喜",露丝开始检查库珀的伤口。她转身对克莱尔说,我很久没有见过他了。

你和他很熟吗?

是,那时,我是他们这群男孩中的一员。而库珀,是"碰不得"的那个。

尽管库珀仍然失忆,无法和人交流,但克莱尔乐见此时的他,回到老朋友圈中,得到关怀和挚爱。多恩点了一支含大麻的香烟,递给克莱尔,谈起与兄弟会的那次交锋,以及各种各样的赌场轶闻,不时提到西装革履的"皇太子"。接着,克莱尔告诉多恩和露丝他们在彭塔卢玛的童年时光。三个人逐渐拼凑出库珀的人生,而他本人,漠然坐在一旁,研究屋子里细微的变化,飘动的窗帘,克莱尔棕鞋的皮质鞋底,跟着音乐打拍子。"如果能在这里多住几个晚上就好了。"克莱尔说,"我们过几天就走。""没问题,如果想住久一点也可以。"多恩答道。那条狗坐在沙发上,紧挨多恩,显出关心顺从的模样,听他说话。那是主人的声音。有多恩这个居家男人在身边,克莱尔终于开始有了安全感。她猜,多恩肯定一度是个细细长长的嬉皮士,是库珀和善的好兄长。

那一晚,克莱尔平躺在床上,听见黑暗中有人在她床边走来走去。她能听出呼吸声越来越近,害怕是那些殴打库珀的人进了这间房子。结果是多恩的狗,在挑选从哪边上床。它纵身一跃,钻进克莱尔的被窝,狗爪抵着她。安静了一会儿,克莱尔感到犹如叉子戳进她的后背,狗用爪子轻轻、继而用力地推开她,谋取更大空间。

第二天早晨八点，露丝出门上班。多恩把很大一块天鹅绒铺在沙发上，在克莱尔的帮助下，开始缝制中世纪晚会的礼服。这是当地一年一度的盛事，将于当晚在社区活动中心举行，那里是矿石铸造厂[1]的旧址。每个人都会盛装出席，有的扮皇室贵族，有的扮农民，有的扮游吟诗人。粗手粗脚缝了一半，多恩丢开手中的针线活，把一大块用蒜和香料腌制好的肋肉扔到烤架上。他坚持要克莱尔和库珀一同参加庆祝会。来的都是当地居民。整个下午，他一边制作斗篷和风帽，一边不时哼唱起喜爱的歌曲，"在特拉华，年少的我……"[2]他逐句逐句唱着那首歌，并自编了一些歌词。"现在，这是一首伟大的歌曲。一首伟大的歌！"下午五点，露丝和女儿回到家，不一会儿，他们都变身成十四世纪的欧洲村民，唯有多恩脖子上摘不掉的贝壳珠链，泄露出现代痕迹。库珀和多恩端出一大盘烤肉，露丝拿出一碗枝豆。然而，内华达市狭窄的街道上，挤满了反战游行的示威者，夹杂着曼陀林和长笛的乐声。一九九一年美军轰炸海湾地区，十二年后，美国准备再度出兵伊拉克。"太平洋"[3]和全国公共广播电台全天候播报最新消息。于是，克莱尔跟随高举反战标语牌的中世纪僧侣，往晚会现场走去。

第一支舞曲响起时，多恩把害羞的女儿拉入舞池。一刻钟后，他又拖上克莱尔，把她紧搂在怀里，贴着自己的上衣。克莱尔靠在这个特拉华出生的（如歌中所唱）无政府主义者、嬉

---

1 矿石铸造厂，19世纪中期加州淘金潮留下的一处重要遗迹，位于加州内华达市，现在是一座文化中心。
2 作者注："In Delaware, When I Was Younger"一歌由洛登·温怀特创作。
3 "太平洋"，美国历史最悠久的广播电台网。

皮士兼阴谋论者身上，现在，他是一个逍遥成功的扑克牌手，在这座山麓小镇过着绅士般的田园生活。

晚会在多恩打破中世纪时空限制、令中学生乐团演奏起《高山之火》[1]的音乐中结束。但在这之前，发生了不少事。吃晚饭时，库珀和一个五岁的小孩相邻坐在一张装饰一新的木板桌旁。两人几乎没有说话，因为男孩正在专心收听一台晶体管收音机。后来，他关掉收音机，转向库珀，告诉他，美国人轰炸了巴格达。库珀一脸惊愕。小孩事不关己地复述着，一定要告诉他所有细节，直到库珀说："去通知那边那个男人。"他指向多恩，此时，多恩的手臂正被一位按摩师拧成一个看不清的姿势。小孩跑过去，等多恩被松开，然后拉住他的手。两个大人弯下身，但四周的喧哗声使他们听不清小孩说的话。多恩抱起他，"怎么了，芬尼根？"库珀听见他问小孩。男孩告诉了他。

多恩放下男孩，站了一会儿，然后走到妻子身旁，伸出双臂揽住她，听她继续与友人交谈。露丝看了多恩一眼，他把手下移到她的手臂上，不愿松开一刻。他轻轻抱了露丝一下，让她跟自己走向一扇边门。库珀注视着门外这个男人的身影。他们说，那是他的朋友。红、蓝、黄、白组成的彩色三角旗摇曳在微风中。露丝一直盯着说话的多恩，然后转过脸，向旗帜外的黑夜望去。她刚得知，美国在轰炸一座平民城市。

库珀朝他们走去，脑中拼命想记住什么。走近时，他听到露丝说："瞧瞧你的朋友，连他也不是清白无辜的。这里没一

---

[1] 《高山之火》(*Fire on the Mountain*)，"感恩而死"乐队一首著名的歌。

个人是。我不是,你不是,连你也不是。我们一样野蛮粗鲁,允许这样的事情发生。"多恩没有回应。她伸手在他脖子上一拉,停在他胸前的数百粒小贝壳,哗然洒落一地。孩子们拥上来哄抢。沉默的库珀觉得有东西拖住他,但叫不出是什么。他站在他们面前,不知说什么好。露丝脸上淌着泪珠。音乐突然变得很响。

他想对他们说什么?关于露丝的?关于自己看到的?露丝朝他走来,流着泪,伸出双臂搂住他。"和我一起跳舞,好吗,库珀?"他抬起手臂,露丝顾虑到他身上的伤痕,慢慢靠近他,一块迈入舞池。越来越多的孩子趴在地上,连大人也凑了过来,仿佛在又一个百年战争[1]爆发时联合到一块。过了许久,醉醺醺的多恩从一个身高六尺的少年手中夺过曼陀林琴,加入乐队,坚持不停地高奏《高山之火》。

第二天上午,没人早起。只有库珀,一人独坐在餐桌旁。

这是他今生之前的前生吗?对周围一切的熟悉感,只缘于前一天他在这个相同的地方待过。留在他记忆里的事物不超过几天。此刻,和一个名叫露丝的女人跳舞的情形,完整严实地印在他脑海里。他能很快觉出,如果自己以前跳过舞,一定跳得不太好。他思索了一会儿,把这个想法大声告诉露丝。"对。"她说。"来跳比津舞。"他说。露丝没有反应。

现在,他反复思索露丝的举止和她说出"对"时的口吻,好像"那是一个我们之间众所周知的事实。"她是他的什么

---

[1] 指英法之间长达百年(1337—1453)的战争。

人？朋友？路人？她说"对"时，指的只是当下吗？但这和她说话的语气不符。露丝是谁？她的名字像锁眼那样细小。她和他跳过舞。在他怀里哭泣过。

库珀的头脑里只存了一部分久远以前的事。宝丽来相片里站在高速公路旁的他，挡在路中央的猫头鹰。弯腰对着一簇蓝色火苗的女人。跟随旗帜飘动的声音，翩翩起舞。除此以外，他的记忆像这张干净如洗的桌子，不记得自己曾经接纳过杯盘餐具、面包薄片，抑或女孩疲惫沉重的脑袋。

回旧金山途中,克莱尔握住库珀的手。

我要你见见我父亲。

你父亲……为什么?

他养育了你,库珀。现在他老了。很老了。你离开后,姐姐离开后,他变得沉默寡言。甚至和我也不怎么说话。他把自己孤立起来,我希望你去看看他。

我不认识他。

他会非常想见你,库珀。你起码要和他说声再见。也许这对你也很重要。

她不愿再向库珀解释太多,心里明白,这样做可能很骇人,甚至残酷。可能是善意。也可能令父亲再度心碎。都有可能。但她已经失去太多。只剩下一个遥远的父亲和眼前的库珀,这个失忆的男孩。她想把生命的两半像一张地图那样折起来,脑中浮现出此刻站在玉米地旁的父亲,花白的胡子上落下长长的绿叶影子。一个颤巍巍的独居老人,无亲无故,思念曾经生活在一起的家人——难产身亡的妻子,邻居的遗孤,还有安娜,他心中的最爱,永远离他们而去了。留下的只有克莱尔,那个和他并非血脉相连、而是从圣塔罗莎医院抱回家的养女。

他们从旧金山往北,过了金门大桥,转下高速,从一条乡间公路,一直开到尼卡西奥。克莱尔声称她累了,要库珀开车。他们继续往前,水库边的巨石缝里长出一棵歪歪斜斜的大树。汽车循着彭塔卢玛路,向山中驶去。路一旁耸立着参天的白杨树。克莱尔咬住舌头,装作满不在乎地观望窗外。开到山顶,库珀自然地用一只手右转方向盘,拐进一条狭窄的下山小路,通往农场,并且熄灭引擎,任车夹在栅栏之间向农舍滑去。车子颠过旧时用轮胎做的限速块,克莱尔看见自己的马朝栅栏走来。库珀的目光越过方向盘,望见过去。

拉斐尔与我沿河而行，一堆乱石掩盖了水流踪影，消失的河道在几百码外的树林中重现。我们并肩不语，最后走到一片浅滩，河流在那儿与道路相接，河水没过了路面，换个角度，路撞到河流，被淹在水下。从现实生活过渡到虚幻的人生，过程亦是如此。我们一直沿着河，所以对我们而言，路是陌生的闯入者。水深约十二英尺，春天时水涨得更高。原野上，暴雨滂沱，雨水冲毁树上的鸟巢，枯枝发出咔咔的爆裂声，然后寂然坠地。拉斐尔说，森林里总是那样充溢着复苏与告别。

河与路，像两个生命，交汇在一起。一个追溯过去，一个记录现在。我们眺望广袤的原野，蹚过淹没碎石路的清流，一步步远离身后的树林。

第二部

马车上的一家人

庄 园

作家吕西安·塞古拉穿行在蔓生的草丛中，每迈一步，就有大群昆虫窜出来。他沿一条小径寻到这里，地里的荒草长到胸口，甚至更高，因此他挥舞双臂，以游泳的姿势拨草前行。这里的草多久没有割刈或焚烧了？一代人，还是更久？或是从他童年直到现在？

过了十分钟，他困在闷热的草丛里，站立不动。他不知道还有多远，要走多久才能走出这片荒草。三十米外似乎有块空地，挺立着几棵诱人的大树，纹丝不动。他望着树时，一只孔雀不可思议地从枝蔓横生的草海上飞过，停在一棵大树幽暗的树枝间。蓝色的鸟身，伪装成一株水平的枝桠。

年轻时，他写过一首诗，描写山脚下一种奇特的鸟，后来成为他的著作诗作，经过学校师生的背诵解释、层层分析，嚼得只剩下碎骨残渣，里面的诗句变成对他的讽刺。实际上，他小时候根本没有这样的稀有鸟类。从没有鸟飞过继父的田野。而现在，突然，真的有只鸟出现了。

他觉得要是戴帽子就好了。身上的衬衣也不适合在草丛里行走。他直接踏进这片荒野，作为购买庄园前简单巡察的一部分。整座房屋包括一条俨然的车道和好几公顷废弃的荒地，车道两边栽种着悬铃木。他继续往前，因为看不见脚下，被一块木头绊倒。像是一张长凳或一个水泵。他跪下身，拨开草，发现原来是条木船。嗡嗡的虫鸣聚集在他周围，令他倍感孤独。

三周前，年迈的吕西安·塞古拉离开位于马瑟兰附近的家。那是继父留给母亲的房产，后来由他继承，如今他把它留给妻子和家人，自己驾着马车，横穿热尔地区，寻找一个新家。中途，他偶尔载别人一程，借此消除新生活的冷清孤寂。搭车的人形形色色，年龄迥异，有的单身，有的拖家带口，纵身跳上马车，后面还跟了一条狗。他以对陌生人一贯的坦率，与他们无拘无束地聊天，听树林里的工人讲述那里发生的事，诸如他们在河边扎营，替人修剪花园，挣一星期酬劳之类。他一边聆听，一边悄无声息地潜入他们的世界。

突然有一天，吕西安·塞古拉走下马车，请与他同行的那家人照看行李，然后像过河小卒一样，缓步走过两边栽满树的林荫道，找到一幢门窗紧闭的房子。他用一块大石敲开门锁，走进大厅，阳光里飘浮着无数灰尘。一扇门通往厨房，另一扇后面是餐厅。空荡荡的走廊上，回响着他的脚步声。他没看房间一眼，径直走到后门，拔掉破旧的门闩，推门步入花园，没入又高又密的荒草中。

此时，这位老作家跪在地上，抚摸弃船千疮百孔的木板。它的大小似一张儿童床，一半是船，一半是木筏，木板之间留有空隙。船边留着一个形似手铐的桨架和一截舵尾。风干的船身，多年来曝晒在阳光下，又遭蛀虫蚕食，但它的存在，表明附近可能有水源。想到这里，他起身仰头，开始在空气里嗅寻水的味道，向前奔去，不多久，果然发现一处小湖。他脱去衣服，跳入水中，身上被刮破和被虫叮咬的伤口，感到一阵清凉。

大多数时候，他过着孤僻幽居的生活。一个熟人曾形容他

"像熊一样难以亲近"。他给周遭人留下粗暴无礼的印象,虽与事实不符,但有助于他保护自己的空间不受干扰。虽然家里常常宾客云集,但实际上,他主要活在想象的世界里。当发现自己的婚姻走向灭亡时,他从自己身上创造出一个漂亮女郎克洛蒂勒,写了三本书,讲述她不同的人生。这个虚构的女孩与他形影不离。如果说这是一种病态,或是生命的扭曲,那么,正是这种病,帮他渡过那段艰难时期。他永远不会贬抑它,或轻贱笔下的她。他编造了欧什镇上这个人的命运,与读者分享,他将一直忠于这个角色。有些读者喜欢上书里的"她",给他来信,仿佛他不仅在小说里,也在现实中认识这个人。

亲爱的先生:

最近,我想起克洛蒂勒·罗泰雷和她的姐妹在一次用餐时提到无花果酱,说她们有多么喜欢。

因此我留了一罐给你,是住在卡奥尔乡村的一位朋友酿的。但愿你会喜欢。

最深挚的祝福,

莎拉·S

吕西安在离开马瑟兰前几天收到这件包裹。旅途中,他不时小心地打开信封,反复阅读那封信——言辞中流露的拘谨和体贴——像一封情书。他随身带了那罐无花果酱,每到下午,以同样郑重其事的方式,打开罐子,和马车里同行的人分享,最近一次是和三个流浪者——一个自称"惯偷"的男人,比他年轻得多的妻子和他们的儿子。他们与吕西安一起走了好几天，如今，他习惯有他们作伴。像他一样，他们也在找一处新的落脚点，与他可谓志同道合。"无花果酱！"他大声喊道，"卡奥尔的女士亲手做的。"年幼的儿子起先假装什么也没看见，伪装得像条有礼貌的小狗，望着刀子上抹的果酱，像狗一样，看大人们先吃，跟着一块咽口水，仿佛在享用自己那份前，已经吃了三份。

每天早晨，别人醒来前，小偷已不知行踪，中午时分才回来，带回浆果和新鲜的香料，有时带回一只野兔，他管这叫营救，把它们从周围的地里救出来。爬上斜坡，他们首先闻到一股烟味，继而看见他坐在火堆旁，在路边烧烤。一把乱蓬蓬、灰白的胡须，令他看起来老迈笨拙，行动迟缓，可实际上，他能来去如风，变出一顿户外午餐。因此，吕西安觉得自己应该负责其他几餐的食物——首先是四点的下午茶和果酱，然后是晚餐，通常在路过的村庄旅店里吃。

每当嗅到可能有空房子，吕西安便停下车来打探。他询问邮递员和木匠，哪里有废弃的农屋出售。同时，小偷的少妻骑上空闲下来的马，让儿子坐在身后，沿路寻找可能的安家之所，他们三个是流浪者，吉普赛人，茨冈人，离开南方的大篷车，到北方寻觅新家。吕西安认为，他们随时可能卷起铺盖，在某个不知名的地方住下来。他已经预感到自己会想念他们。他把那男的当作好伙伴，喜欢早晨听那女的唱歌。她叫阿莉亚。他问她，是先有这个名字，还是因为热爱唱歌才取了它？"天知道，"她的丈夫说，"她是罗姆人[1]，每个人有好多个名字，

---

[1] 罗姆人，起源于印度北部、散居全世界的流浪民族。

一个保密、从来不用的，是她的真名，只有她母亲知道，用来迷惑超自然的神灵——不让他们知道小孩的真实身份。第二个名字是拉丁语，通常只有他们用。阿莉亚是她的拉丁语名。"

那你的名字呢，叫什么？吕西安问。

我不是罗姆人。丈夫说。我完全依附于她，活在她的世界里。我本人并不重要。

这家人好像活在梦和现实的交叠中，特别是每个人神出鬼没的行踪。早晨是那个丈夫，下午是他的妻儿。有时，吕西安坐在车前，一边驾马一边说话，突然发现三个人全不见了。他们偷偷溜走，像跳下一条船，向那些白杨树游去。

当吕西安再次问起男人的名字时，这位丈夫回答，不，我无名无姓，没有一个固定不变的名字。我懂一点罗姆语，够用来生存，但是……他的话不够真诚，难以令人信服。他对所有事情表现得唯唯诺诺，甘愿像一只卑微的麻雀。男孩名叫拉斐尔，无论对书本知识还是实际技能，都充满强烈的求知欲，不断向年老的作家发问，征求他的意见。因此，吕西安猜想，男孩的父亲也许对自己有几分妒意，但事实证明，虽然他装出一副视而不见的样子，其实在愉快地听他们讨论。

从一开始，两个男人就把彼此当作一面镜子。每天总有两三次，他们四目交接，连阿莉亚也看出他们之间的呼应。他们体格相似，撇开既有的名望，作家的迟疑使他和羞怯的小偷一样，看起来戒心重重。如果那人真的是小偷的话。吕西安从没亲眼见过他有违法之举。虽然作家年纪大得多，与这个世界格格不入的却是阿莉亚的丈夫。他说话漏洞百出，个性深藏不露，几乎把过去的人生统统抹杀。有次，吕西安拿起小偷正在读的一本书，看到里面夹了一节艾树枝叶当书签。这是他对这个男人唯一确切的认识。从此，每隔几天，作家就会细心留意艾叶的进展，跟随书中情节展开它自己的旅程。

有一天，穿过一片田野时，作家谈起自己以前在战争中的见闻，小偷说："我参加过战争，没有再回去。"这大概是这位新朋友透露的最私密的一件事。

这家人第一天登上马车时，吕西安问男人的妻子，他叫什么名字？

你得问他自己。她说。

这是他回避提起自己名字的开始。

我不能整天喊你小偷，适当时，我当然会接受这个称呼，但我需要知道一个名字。

奥古斯特？佩罗克？利巴德？随便哪一个……

好吧，就叫利巴德。

他把男人爱读福楼拜的《简单的心》的笑话藏在心里。于是，利巴德这个名字被用了一阵，是众多别名中的第一个。大部分别名，吕西安最后都不记得了，只记得待在一块时，他们极少看到利巴德吃东西，即使是他刚刚做完饭，亦是如此。一旦吕西安问起，阿莉亚会耸耸肩，像是在说"男人"，仿佛做了解释。

旅途中，每到傍晚，他们走进一家小旅店，由作家付钱吃饭。饭后，作家就睡在旅店，而那家人则在旷野上露营。乡间的空气和舟车劳顿，带来浓浓的困意。可有一晚，吕西安·塞古拉半夜醒来，不知自己在什么地方。他呼吸困难，掀掉毯子，解开睡衣扣子，走到床前。夜幕下，他看见利巴德走在旅店花园一面窄窄的围墙旁。月光皎洁，吕西安一眼认出这位旅伴和他深更半夜奇怪的行径。他拍拍手，利巴德停住脚步，抬头朝他悠悠挥手。吕西安穿上外套，走到屋外，开始与利巴德轻声交谈。他告诉小偷，自己辗转难眠。那就不要睡了。小偷对他说。黑夜蕴藏着许多非凡的时刻，在睡梦中度过，常常是一种浪费。

我需要你的帮助，朋友。

利巴德立刻默不作声。吕西安也不说话，等待他对自己戏剧性陈述的反应，但等到的只是沉默。过了一会儿，吕西安继续说，我要你帮我杀一个人。又是沉默。我觉得我妻子变得面目可憎，她会伤害到我们的孩子，我想，我后半生都会被她缠住不放。

我也有个妻子，在另外一段人生里。（利巴德言辞闪烁，仿佛意识到这可能会被记下来，对他不利。）有其他方法摆脱这种梦魇。我赞同男人和女人互相纠缠的说法，但你的孩子们会照顾自己。问题的难处不在于杀人这个行为。偷一只健康的小鸡来煮一锅好菜，其实更加不易。杀人没有技术，和打仗不同。同样，这会毁了你。你丧失了，或者说用错了你的智慧。你喘不过气，你的窒息感可能与此有关，也可能是它们引发了你的这个念头。我可以介绍你一种草药——琉璃苣——它的花朵像点点蓝星，对心脏有益，有安神的效果。我们找找看……

几个星期以来，吕西安没有想起过自己难以相处、被遗弃的妻子。这晚，她突然以仇敌面目浮现在他脑海，不免有些奇怪。此刻，他为自己把这个几天前才有的想法透露给一个陌生人而感到窘迫。他想,可能自己还在做梦或没有睡醒。

对不起。他喃喃自语。

不,你的信任和托付让我深感荣幸。男人平静地回答。吕西安没有特别大笑,但在黑暗中微扬嘴角。

那是吃完最后一点无花果酱的第二天早晨,所以男孩记得很清楚。他们刚刚经过德缪村,发现了作家要找的房子。当时他们正在马车后休息——作家、男孩和他母亲——睡得正香,突然被一阵急停惊醒,好像走到了悬崖边。男孩的父亲坐在车前驭马,他静静望着左边,吸引他的是林荫道边一片疏于看管的荒地。野草数月未割,悬铃木的枝桠与对面的树权纠结在一起。作家坐起身,跟随男孩父亲的目光望去。"对,这儿可能有,"他说,"可能有房子。你们能在这儿等我一下吗?"每次一开始,都是作家自己去探访可能的空屋。马车上这家人并不能替他作主,诚如作家不知道如何挑一片合适的空地,让他们安家——比如说,他不知道空地应该有许多通往外界的出口,才会令他们觉得安全。找个安度余生的家,像童话里做的一个决定,王子或公主,需在曙光降临前选定自己的结婚伴侣。它不仅需要智慧,而且是个人的选择,清楚自己真正需要的,乍看之下,可能让人惊骇——选盲女而不选城堡女王,选刺猬而不选拥有贵族血统的求婚者。外人不可能完全参透。因此,这家人留在马车里,看作家伸展双腿,纾解睡眠造成的麻痹,警醒地朝可能的新家走去,脚底突然健步如飞。

埃斯托尔菲

作家买下那幢空屋，包括周围九公顷的土地。两天后，他和利巴德两人手持长柄大镰刀，走进齐胸高的草丛，几分钟后，各自销声匿迹。只有一人停下来时，方能听到另一人走动、不停挥刀割草的声音，若稍久不闻声响，则是在石头上磨刀。他们在破晓前就开工，那时天色微明，仍有凉意，虫子围着他们在空中飞舞。他们不让镰刀接触地面，以免碰到石头和草根。其实，用火烧的方法更加简便。但是帮吕西安争取到这片野草荒地的利巴德坚称，草地不能缺少蚂蚁和蟋蟀，火会把它们烧死。这些看不见的昆虫足迹是必要的。作家也许期望将来能在草地上看到蟋蟀，在树丛间听见知了声。

他们从地上拔起坚韧的蓝莓根，把藤蔓与割下的草堆在田野四周，点火焚烧，然后耙开土地，播种庄稼。芥菜和三叶草里的微生物会起到固氮作用。黄昏时，他们到别人地里，捡回豆科植物的种子，在作家的田里种上豆子和豆荚。为什么不？利巴德反问。在某种意义上，他就像一粒被风吹拂的种子，或一只蜜蜂，漂泊不定。

利巴德知道什么样的栖息之所能让有翅膀的生物住得舒服。他不仅设计了鸟窝，还在木头上钻洞，供会飞的昆虫寄居。他收集向日葵，把茎秆劈开，与树枝绑在一起，给虫子做窝；在坛子里塞满干草，养蜈蚣，因为它们最终会捕食果树害虫的幼虫。他深谙自然界死板的道义守恒。付出，然后索取。黄蜂产的卵，蚕食蝴蝶的幼虫，可比起那些美丽的拍翅蝶类，黄蜂更有益于植物生长。利巴德认为，坐享其成使鳞翅目生物变得促狭小气。他的不屑中包含对它们略知一二的了解——那是多年亲眼见证的结果，以前在市镇里，现在在旷野上。不过，利巴德从未自称是个品德高尚的人。一点小小的诱惑就能把他打动。

第二天，在作家房子附近，男孩发现一片四通八达的空地。听闻这个消息，吕西安建议这家人，如果愿意的话，可以在那里扎营。不过告诉他们，自己有块地相赠，没有流露需要他们作伴的意思，接着提出条件。他们可能不会再有太多交谈的机会。他被包围在几公顷的领地里，以后最远只会走到那个小湖，而他们考虑中的那块空地，在这段距离以外。

作家的提议是这样：如果利巴德答应帮他清理干净屋旁的荒草地，修整栗子树繁茂枝叶下的草坪，那么他和他的家人能在这片土地上，想住多久就住多久。如果利巴德要求，吕西安愿意签署任何正式文件，但利巴德免除了这种可能。他反对白纸黑字——那些繁文缛节和连篇废话过去总是给他招来麻烦。谈话中间，利巴德提出次要的一点，宣布取消他现在用的名字，改名为埃斯托尔菲。

男孩对这些变化习以为常，不到一个小时，他便开始把父亲喊作埃斯托尔菲了。吕西安发觉，这个男人把名字当作密码，每个都只用很短一段时间。但这次，小偷觉得，要是早点拥有这个名字就好了。改名第一天，他整日都在幻想过去如果自己是"埃斯托尔菲"的情形。他会因为简章上刻着这样一个名字，更加轻松敏锐地投入生活。它引发某种对人生的反思，像男人看着妻子或情人早年相片时的反应一样。花样年华，二十出头，总是妄想，如果那时认识她多好——即使那身连衣裙已经过时，他也许会悉心解开柔软的扣子；甚至连她身后鲜花盛开的树上的果子也想去尝……小偷喜欢这个名字的发音，韵味无穷，空灵，余音袅袅。有这样一个名字，这个粗壮结实的男子觉得自己几乎变成一只轻盈的小鸟，或一个精妙的语法句型。

作家看见他膝上摆着那本散发艾叶味的书。埃斯托尔菲的名字出现在十六世纪《愤怒的奥兰多》[1]里。这个男人怎么知道的？会不会他以前偷过这本书——小偷连书也偷吗？他怎么把这些东西收罗进他的口袋？

---

[1] 《愤怒的奥兰多》，16世纪意大利诗人阿里奥斯托的一部爱情长诗。

旅　程

　　两个男人在田里干活期间,阿莉亚和男孩返回南方以前居住的地方,收拾大篷车。他们骑马走了数日,穿越扇状分布的河道——阿都尔、拜兹、吉蒙,先向南,继而向东,进入富饶肥沃的平原。第四天傍晚,他们到达圣玛陶利郊外,天色已黑,马和大篷车就在那里。人们正在举行篝火晚会,他们席地而坐,与其他人畅聊了几个小时,晚上睡在窄小熟悉的床上。第二天,他们从自己的小块土地上挖了些能够经受长途旅行、带回德缪的草本香料和植物,决定舍弃部分家当。

　　不久,他们动身北上,大篷车摇摇摆摆,只能走宽阔的大路,所以选了条不同的回程路线,不能像南下时,径直从敞开的大门穿过田野,或在水深处直接涉水而过。马匹负重太大,无法把车从多沙的土里拉出来。他们先朝帕莱桑斯走,到那里后,离开艾洛河,折西而行。

　　他们一路不紧不慢,走走停停。拉斐尔负责生火,阿莉亚到旷野上寻觅食物。一两个洋葱,迷迭香,韭葱。他们像一对匆匆向原野俯冲的鸟儿,午饭只捡食些小植物的嫩芽新枝,少得几乎没在舌上留下味道。吃完饭,如果附近的溪流或小河足够隐蔽,他们便脱了衣服,下水游泳。阿莉亚确信,拉斐尔像他父亲一样,一点不怕水。因此,她会边笑边跑下河岸,从水里伸出头,冲拉斐尔咧着嘴笑。她可不要一个胆小的孩子。男孩朝她怀里游去,抱住她,亲她的肩膀。他们之间有种肉体的亲昵,诚如男孩与父亲间疼爱的搂抱。回到干燥的陆地上,阿莉亚弯下头，拉斐尔用自己的汗衫擦干她乌黑的长发。

旅途中，有时夜晚，他们遇到可怕的狂风暴雨。从大洋上吹来的西风，经塞加拉到布松。有一次，他们在圣贾斯丁西部，闪电像在河上的天空劈开一条时光隧道。阿莉亚抓住男孩，阻止他冲进这美丽的一瞬。适逢暴风雨季，她想到住在北方德缪的那位老作家，正在徒劳地劝说丈夫睡在那间空旷无人的房子里。

她和拉斐尔解下马，把大篷车留在空地中央。虽然松了绑，马儿一动不动，假装不知危险来临，仿佛这样比飞驰进黑暗更安全。阿莉亚和拉斐尔站在夜间干枯的草地上，头顶繁星密布，无以计数，组成百万支管弦乐队。男孩脑中简直装不下这些眼花缭乱的场景。这段与母亲南下北上的旅程，屡屡令他欣喜若狂。在那一刻，他清楚感知到自己如入物我两忘的境界——无论是树的叹息，还是母亲的歌声，都像从他身体里发出来似的，正如他的一举一动，皆是身外世界的表演。

热尔发生日蚀时，他们在离帕莱桑斯几英里的北面。午后的天空很快被黑幕遮盖，拉斐尔正提了一桶水，给受惊的马儿喝，只因感觉天气转凉，才意识到黑暗的降临。他转了一圈，看见母亲关切地望着他。朦胧的微光中，落下灰白的雨点。大风迷乱了视线，把树吹得弯下腰，几乎与地平行。他看到马儿目光涣散，心神不宁地立在他面前，好像变成这奇特自然现象的一部分。他不知道日蚀是什么，以为是某种世界末日到来的复仇。他搂住马脖子，想找绳子拴住它，可没有找到，于是他双手抓住马鬃。一旦马挣脱离去，可能就找不回来了。马不安地动起身子，他索性跃上马背。正当母亲大喊"不要"时，马儿已驮着男孩，向树林黑暗深处狂奔去。

拉斐尔低头伏在马颈上，代替马的双眼，快速辨别方向。座下没系马鞍，他只好趴在湿漉漉的马背上，忍受上下颠簸和左右甩动。眼前出现一片茫茫空地，天色比树林里亮些，此时，马儿益发加快速度，向空地猛冲而去。伴随马的喘息，男孩听见自己的呼吸声，听见没在草丛里的马蹄声。大地一片死寂，马儿踏上木桥，蓦地发出嘚嘚声。他紧紧抱住这只动物温暖的身体。大约过了一分钟——眼下，时间变得无法计量——他们经过一座村庄，黑暗中，只有他们两个过客。男孩的腿擦到一辆马车，接着是一个小孩，然后就出了村，再度进入河边的郊野。阳光慢慢重现，潮湿的草地里，暖意涌上全身。时光断了线，虽是白天，天空却如同明月高照。马儿平静下来，察觉到背上差点被颠飞的骑手，他的膝盖紧夹住马身。从先前在宁静的树下给马打水起，男孩一直光着脚。

拉斐尔骑马缓缓往回走，路过一片片田野，都是陌生、从未见过的。他找寻那座村庄，但所有疾驰经过的村落，一概没有再见到。翻过木桥，望见黑压压的树林，不一会儿，他便认出母亲在林边踱步的身影。不过他从不快马加鞭。终于，他仰起身，从光溜溜的马背上滑下来，勉强撑着站到阿莉亚面前。母亲摇晃他，然后把他搂入怀中。

两幅照片

德缪那幢房子的厨房墙上，挂着两幅照片。一张是晚年的吕西安·塞古拉，坐在花园长凳上，一株深色的树枝伸展在他头顶。照片给人一种井然有序、又杂乱无章的感觉。这种失调来自作家本人的形象——起皱的衬衫，一簇小胡子，好像从动物身上借来的茸毛——最随意的是他脸上的坦诚表情，仿佛刚得到上天的眷顾。比如他的笑容——毫不掩饰一口不整齐的乱牙，甚至连少一颗牙造成的难看缺口也露了出来。他是个谨言慎行的人，以前总是偷偷窃笑而已。

照片右方有块模糊的黑影，看不真切，像洁白的画布上沾了一滴纯颜料，也可能是日光下，一只蝙蝠在镜头和作家之间飞过。其实，它是吕西安的友人利巴德，或者说埃斯托尔菲唯一被镜头抓拍到的模样。听到快门按下的刹那，他飞快一转，消解了自己的面目。这一令人惊讶的不合作态度激恼了摄影师。

这些年过去，那个不肯合作、面目模糊的家伙的儿子拉斐尔，在相同背景下，拍了另一张照片，里面是他在作家故居邂逅的那个女子，用的是她的相机。相片放大成与原来那幅相同的尺寸，在某种程度上，是它的姐妹篇。

这幅照片里的人物离我们更近。随着时光推移，相机移到中景位置，忽略了远景里郁郁葱葱的森林和连绵起伏的山丘。

女子腰部以上身体赤裸，向前迈步，刚好处在焦点边缘。晒成棕色的肌肤透出执拗任性，满脸笑意，她把两株沾满土的小草根缠在金黄的头发里，看起来像从头上的灰土里长出了毛蕊花和迷迭香。微笑的嘴边、瘦削的肩膀及手臂上，污泥点点。她的活力和性感仿佛来自周遭空气。看着这幅相片，把自己想象成那个拿相机的人，跟随镜头里她的步伐，步步后退，保持焦距。我们能猜出看不见的摄影师与这个笑盈盈、浑身是泥的女子的关系。她把野草绕在手指上，向他招手，带着亲昵挑衅的愉悦表情。一个让人根本认不出的安娜。

第三部

德缪的家

吕西安·塞古拉档案室，班克劳福特图书馆，柏克莱，加利福尼亚，磁带三

两个星期以来，勒达柔乐酒吧镜子上方的大钟停在十一点二十分。修钟人正在南方某地，给比利牛斯山一带的小乡村校对时钟，所以还没到。他将带来碎布、机油和精细如针的工具，提起这笨重的装置抱入怀里，在别人的搀引下，走下梯子。他把钟放在酒吧的大理石柜台上，故意占据餐馆做生意的主要位置。接下来发生的事，仿若进行隆重的盛典。喝的一定要是纯正的浓缩咖啡，修钟人摆出庄严的权威姿态，像是被召唤进城，医治市长女儿衰弱的视力。他用镊子夹起几块浸在机油里的小碎布，伸进大钟看不见的内部……

钟表匠是一类怪人，有的冷若冰霜，对一切凡尘俗事无动于衷，只对机械感兴趣；有的像诗人，对自己的天赋缺乏信心。我的继父——母亲的第二任丈夫——是其中之一，所以我观察过他们的特质。他是我认识的第一个钟表匠，从不觉得自己的才能有何特殊，只是掌握了一些按部就班的步骤；是个偶尔会把因果关系颠倒的意大利人或比利时人；但提起工作时，他认为自己与市场上的菜农没有区别。我从他身上学到对待工作谨慎而豁达的态度。这是一门手艺，与天资无关。效劳时不必紧张和藏藏掩掩。然而，我没遇过其他像他这样的钟表匠。看他工作，我学会了怎么调整自己手表的快慢，但我仍会

把坏的钟表拿到图卢兹去修,观赏修钟人施展技艺时的那份"庄重"。

我喜欢这种手艺表演,不管它谦卑恭敬还是令人讨厌,但人们一开始讨论,我就走开——就像有人问掘墓人,用什么牌子的铁铲,喜欢在午间还是月下工作。我只对他们做的事和背后那些神秘的准备工作感兴趣,即使我并不完全通晓其中的奥秘。小时候,加隆河岸上架着四台蒸汽机,供应图卢兹的用水。骑马去那儿是我的乐趣之一。在悄然静谧、难得听到一两声鸭子嘎嘎叫的乡郊野外,轰鸣的机器突然闯入生活,好像一群大猩猩在水边推波吐纳,这令我心醉神迷。它们像一群从事嘈杂、繁复劳动的成年人,能使天地变色。

欧什镇勒达柔乐酒吧的钟,每年至少坏损一次。每逢钟表匠去修理时,老板查梅会带信给我。我专程赶到镇上,住在法国饭店,等待目睹这场盛事。那庞然大物一放到酒吧的大理石柜台上,我便凑上前,看得到钟面上细小的字迹:送给拉玛格赫。修钟人擦去白色钟壳上的霉点或黄斑,然后把它拆下来。为了继续留在旁边,我需放低姿态——修钟人一定要享有教皇般的威严——如果告诉他我是作家,或至少被认为是作家;相比其他旁观者,他更情愿与我攀谈,好像我们是处在另一个专业层次的人。若说明我是诗人,地位会下滑一两个档次。他咕哝出几行我没怎么听过的诗句,大笑起来,左边的人也跟着发出哄笑。

写作技能无法向旁人展示,只有双眼与笔之间五厘米的距离。任何冥思或幻想的技艺,都隐不可见。不像到访欧什的修钟人,脱下深色棉夹克,捋起白衬衫的衣袖。坐在窗边小圆桌旁的我，放下手头的克洛蒂勒，凑近去看展开的油布，一格格细口袋里插着工具、装油的小瓶和用来检查钟表内部迷宫的小电筒。很快，我几近融入在他庄严之举带来的愉悦中。我能想象出，他在上比利牛斯省诸如拉汝恩、加伐尼、奥格等村镇，地位肯定更加崇高，简直像要八抬大轿才能把他请去。我对这一切，乐在其中，但只相信继父表现出的卑微是真的。他会中途停下修理——耳闻一首流行歌曲——走到窗口搜寻歌声的源头，或从必备的小刀中，递一把给我，让我削铅笔。他用废弃的齿轮和表盘给我们做玩具，样子和动物似像非像，会在餐桌上自己活动。他不是我的亲生父亲，但是他把我养大。我觉得自己从他身上学会一种做人方式，也就是任何手艺或才能都可以审慎认真地培养，不需要戏剧性夸张的灵光。然而，低调淡泊的他喜爱维克多·雨果恢宏壮丽的文风——喜欢那些沉静、顺应潮流的描写，一步步引向革命。

他爱我的母亲。临终前，我看到他抬起有股机油味道的右手，手指伸进母亲梳洗齐整的头发，弄散发夹，像抚摸一块天鹅绒或某种珍稀动物的皮毛。我永远铭记那个动作。这可能是我记忆中他最后快乐的样子。在我对爱情和家庭（这方面我是个失败者）的所有认知中，它是圆满的核心。我们怕羞——很少互相拥抱——但这不要紧。住在他家，我觉得安稳踏实，屋内一片宁静，两口精准的钟，不声不响地走着。在时间里，我们是安全的。仅仅五年，他把一切给了我们。

马瑟兰

他的母亲奥蒂勒·塞古拉出生在巴涅尔-德比戈尔，那里离比利牛斯山五十公里，深受西班牙影响。米格尔·因维尔诺越过西班牙边境，到镇上从事盖屋顶的工作。他向奥蒂勒·塞古拉求婚，几个月后，跟着一个西班牙人的三重唱组合不辞而别。六月，北方的维克费赞萨克举行一年一度的斗牛会。每年，她都带幼小的孩子一起去，期望在人群中找到自己的情人，可再也没有遇到吕西安的父亲。她嫁给一个钟表匠，和孩子一块搬进他在马瑟兰乡村的家。

四岁的男孩第一次踏进继父的房子。那儿有花园，河水的粼粼波光闪动在树丛间，一条园丁的狗睡在阳光下。他学会分辨每块田野发出的不同声音，不久又掌握了根据季节在天空不同的区域搜寻星星，知道哪棵树上有嘲鸫。每年生日时，母亲会做鹅胗沙拉——一颗小蛋，下面是生菜叶，拌上鹅胗、土豆、香葱和别处找不到的芥末粒。每年五月的最后一个星期，她给房子进行一次春日大扫除，给花园除草，洗烫丈夫的衬衣，然后拉男孩登上马车，去看维克费赞萨克的斗牛会，没日没夜在街上找寻，直到两手空空，失望而归，却又有种如释重负的轻松。钟表匠觉得自己与妻子之间从未达到母子俩那样的亲密无间。也许他从来不确定，如果自己的新婚妻子在婚礼时撞见那个西班牙人，她还会不会跟他回家。

尽管继父留下一笔遗产，但他的突然去世，使奥蒂勒·塞古拉和儿子只能节衣缩食。在男孩的世界里，这个细心谨慎的男人是他唯一的保护伞。如今，吕西安变得更加内向，处处设防。课堂上，别人听见他喃喃低语，许久以来，他只和自己对话。年纪渐长，像从空地上一枝一枝拾捡树杈那样，他积累了一套自己私人的语汇。他用几句话向自己描述一扇生锈的铁门，或一头动物上船时的紧张不安。这些口头画面留在他脑海里，永不磨灭。就这样，他用语言和语言带来的不确定性，保护自己。

抵 达

他们住的房子离车道不远。一天傍晚吃晚饭时，马车声打破他们的宁静，表示有访客到来。男孩和母亲从饭桌旁起身，打开门往外看，一辆超载的双马马车从他们身旁经过，爬上山坡，晃悠悠又行了百米，在一座农舍前停下。这座只有一间房的农舍，多年来一直无人居住。吕西安和母亲站在门旁，等他们打招呼。远远地，他们看见两个人走下马车，舒展筋骨，只认得出是一男一女，站在坡顶上。这间农舍建在那里已有很多年，了无生气，妨碍他们的视线。想到现在有人住了，十六岁的男孩兴奋不已。这意味着好奇心的加重，但他仍会谨守自己的秘密。

等了半个小时，在夜幕即将降临前，他和母亲提着面包、牛奶、蜡烛和一些肉片，朝坡上走去。那一男一女还在从马车上卸东西。路边放着一张简易的床，由两部分拼成，还有两把椅子，一张油漆过的桌子，一只带 L 形烟囱的铁炉。在这些少得不能再少的家具和一筐衣服中间，站着一个男人和一个看似还未成年的少女。两人转过头，看见走来的男孩和母亲，年轻女子不知怎的——男孩看不出这一举动里蕴含着什么样的感情——当即抓住男人的手。她看上去娇小玲珑，而那男的壮实魁梧。吕西安看他大步绕着那间小房子，仿佛继承了一座四面围墙的城市，需要想个办法使之重振，或教训它一顿。男孩读过希腊史诗，那一刻，在他看来，这两个陌生人好像来自外国军队或使团的成员。

若不是他母亲在那儿,也许没人会开口说话。她得知,他们分别叫罗蒙和玛丽-奈热,没有实地考察,就向住在马瑟兰的房东租了这间农舍。罗蒙收下赠送的食物,尽管天色快黑,仍拒绝让他们帮忙搬家具。他一个人能应付。开启话匣之际,他已经把床的部件搬进屋内。少女沉默不言,只在相互介绍时,嘴唇微动了一下。男孩觉得她太瘦弱了,一头乌发,短得几乎盖不到脖子。男人也许可以把她折起来,塞进衣服里,她就不见了。吕西安与母亲走下山坡,进屋前最后回望了一眼。男人在车上挂了盏油灯,跑前跑后的身影,时不时挡住光线。吕西安走进屋里,坐在桌旁,思考发生的事。他觉得自己的整个人生仿佛都起了变化。

他们发现,这对男女新婚不久,妻子看上去与吕西安年纪相仿。最初两个星期,男孩和母亲鲜少见到她,她像野生动物似的高度警觉。母亲想尽种种办法帮助这对夫妇,特别是对妻子,也许从那张年轻、惊恐的脸上看出了什么。因此,玛丽-奈热最后终于被打动,接受了奥蒂勒·塞古拉令人放心的照顾。

少女战战兢兢走进他们家,好像在如此规模的房子里,她必须先学很多规矩。这房子宛如宫殿般富丽堂皇。男孩突然觉得天花板高了一米,每个房间宽敞了许多。罗蒙很少来,他整天都在田里干活,可吕西安的母亲会赶到坡顶的农舍去邀请少女。人妻这个新角色,似乎令她心灵受到创伤。他听母亲和别人说,玛丽-奈热在家除了清理屋里的橱柜和服侍丈夫,无事可做。当吕西安进一步思考他们的关系时,反复琢磨那句话。没有比她更瘦小的新娘。事实上,她浑身上下看不出一点新娘的痕迹。无论生理还是年龄，她都和吕西安一样——吕西安只是个乳臭未干的少年，而她却结了婚，正式迈入成年人的行列。她对那个世界的了解，无不像在一处陌生地获得的某个抽象头衔。

女孩不在时，他对母亲的友人形容她"瘦得像颗扁豆"。他们爆发出一阵大笑，开始纷纷称她"小扁豆"。原本他只是在炫耀自己，然而当他发现这个称呼再贴切不过时，觉得自己出卖了她。"哟，她马上就会长出几块肉啦。"母亲说。爆发出更多笑声。

广阔的世界

两家人逐渐熟络起来。母亲开始教玛丽-奈热认字。星期六，吕西安上山帮罗蒙干活，在地里挖萝卜，或重修围栏边的墙。对这个十六岁男孩而言，玛丽-奈热的丈夫有种不可知的力量，也许被误当作生命中缺失的父亲形象。他们很少说话，整个星期都不碰面，因为罗蒙在马瑟兰或更远的地方打工。同时，少年沉迷在大仲马的小说《黑郁金香》里。一天下午，玛丽-奈热静静坐在他身旁，他决定读一段大仲马给她听。"去布依坦霍夫监狱的路上，我们的高乃利于斯听见的只是狗吠，眼前只有一张年轻女子的面孔……"[1] 小扁豆张大嘴巴望着他。他无法判断，少女是以为他编造了念的话，还是已经被这个片段征服。他继续念下去。其实，玛丽-奈热比他年长一岁或更多。然而念故事时，在他面前，她完全像个懵懂无知的小孩。

从那时起，她渴望分享男孩从书里读到的一切。早晨，做完家务后，她跟吕西安的母亲学习认字，下午，她和吕西安一起坐在走廊上，或在河边低矮的苹果树下，像中了毒似的听那些故事。他们都在远离城市纷扰的乡下长大，现在，大仲马成为向导，把他们带入危机四伏的都市，脖子上一枚翡翠可能透露出一个家族王朝的秘史。他们跟随身带密件的骑手，穿过洪水淹没的平原，在午夜与仇家见面，与情人幽会。书里充塞着

---

1 作者注：大仲马《黑郁金香》的英语译文摘自 Robin Buss（Penguin）的译本（下同）。

痛苦不堪的爱情。"她发出一声悲伤的叹息，转身离去，难以抑制狂烈的心跳。孤零零的高乃利于斯，只能呼吸萝丝发间留下的一点芳香，它像迷药般残留在铁窗之间，消散不去。"躺在走廊狭窄的过道上，他们不时觉得快要窒息，平庸无奇的生活一去不返。

他模仿各种声调朗读故事，这些对成人世界的认知，使他变得像一名曾在遥远战场上或狂热爱情中受过伤的智者。玛丽-奈热仿佛通过他认识这个广阔的世界——是他（他自认为这样）带玛丽-奈热走进宫廷，与她在月下并肩骑过一座座城市。他们发现，虽然通常骑手亲自骑马到远方送信，但信鸽也有可能飞到遥远的海牙，带去可能改变一切的消息。有时，吕西安震惊于小说里女人的谎言或可怕的打斗，稍有犹豫时，玛丽-奈热会开口插话，从精心编织的情节里检查男孩认为的漏洞。他们就此展开话题，仔细讨论男人或女人、丈夫或妻子可能的反应。比如书里写道："她想要的不止是这个男人强有力的一面，也要一并接纳他的弱点。"如果话里有些地方男孩无法完全领会，或根本觉得枯燥乏味，玛丽-奈热会一脸疑惑地问他为什么。他发觉这个女人身上有种慧黠——就像她偏爱某个特别的火枪手的魅力一样。

通过这种方式，他们洞悉彼此的兴趣和顾虑。玛丽-奈热注意到，男孩快速略过有关童年的章节，因为对他而言，二十岁以下的角色太熟悉。他早知这些少年的心思，只盼望走入错综复杂的成人世界，了解流浪、战争、战役以及婚姻。他不小心脱口对她讲出这些，赶紧住口，想到两人之间的隔阂，尴尬窘迫。她把棕色细瘦的手伸向男孩的脸颊，一触到慌忙收回。

有一天，你将娶妻成家。到那时，我们来讨论这些。不，男孩说，我们不会。我肯定，我们不会。他恢复一本正经的态度，两人像两根易燃的火柴，并排摆在火柴盒里。

他们像这样度过了相识后的第一年。罗蒙在下午三四点回家，那时，玛丽-奈热重回到现实生活里。而男孩——他冲进田野，翻几个跟头，用弹弓瞄准小树苗，像支矛似的一头扎入河里。浑身燥热的他畅游在幽暗的水里，双目圆睁，自信可能会发现一件古老的银器、一柄失落的宝剑或一株企图把他缠在河底的树枝。在与玛丽-奈热分开的时光里，他变回一个单纯的男孩。

她走到狭小的后窗前，看男孩跃上树枝。如果她正在屋后帮罗蒙洗澡，在他肩上涂肥皂，也许会听到扑通一声，从远处男孩的世界传来。如果罗蒙燃起情欲，拖着饥渴、勃起的身体回到家，他甚至不愿多走几步上床，直接把玛丽-奈热按倒在厨房的桌子上。她双脚悬空，够不到地。他猛烈插入她的身体。她用两手死死抓住能碰到的桌子边缘，罗蒙的举动令她浑身战栗。未点亮的油灯，在他们的头和肩膀上摇摆。她背上的肌肤，隔着棉裙，在木头上上下摩擦。男孩还没潜到水底，他们已经完成做爱，彼此得到满足。她用双手握住罗蒙伸出的手掌，让他把自己从桌上拉下来。他比她年长有力，和男孩截然不同。她看见他眼里的酸楚与失落，对他们的生活感到不满。他会把椅子掷向隔开房间的布帘。玛丽-奈热知道，他也可以一样轻而易举地把她扔向黑暗的角落。有一两次，她在火枪手柏图斯身上看到罗蒙的影子，甚至觉得他有可能被柏图斯附身。她用这种方式，忠于那个臆想中的罗蒙。

她把头发留得越来越长。住的这间单屋农舍给她一种归属感，一小片属于她自己的独立空间。除了去上识字课或由罗蒙驾车带她去镇上，她几乎从未踏出过农舍四十码以外。

狗

男孩倚在高高的窗台边，极目远眺，浮想联翩。慢慢的，他把目光集中到一条四处乱窜的狗身上，随着它越跑越近，他看清是条又黑又大的狗。他对身后的母亲说，这家伙可能得了狂犬病，很危险。母亲走到他身旁，向外看了一眼说，有可能，别出门。嗯。男孩答应。

他们准备吃午饭。男孩走到北窗，去看看罗蒙和玛丽-奈热是不是正巧在外面，但没看见他俩。他回到前一扇窗前，坐得离玻璃很近，观察那条狗。它仍在周围游荡，不吠不叫，只是像被施了咒语般晃来晃去。它向房前走廊冲来，看到男孩上半身的轮廓映在窗上，往后退却。它跑了，男孩对母亲说。那就好。狗把鼻子在地上磨蹭了一会儿，继而抬起头，飞身跃上门廊，扑向窗户。它的利爪撞碎薄薄的玻璃，前蹄碰到男孩。玻璃碎片刺入男孩的眼睛。他在原地立了稍许，砰然倒地。他以为狗进了屋，咬了他整张脸，疼痛难当，发不出喊声。尖叫的是他母亲。男孩脸上和衣服上全是鲜血，窗台边的墙上也溅得血迹斑斑。狗从玻璃窗撞碎的裂口收回爪子，跳回到尘土飞扬的门廊。

母亲跪在儿子身边，抚摸他僵硬的身体。男孩不敢动弹。她大声叫他，以为他被咬了，但男孩不声不响，一动不动。她逐渐镇定下来，男孩什么也看不见，把耳边母亲急促的呼吸当作狗的喘息声。

母亲起身走开，留下他一人躺在厨房地上。

她不顾恶狗仍在附近徘徊，跑上山坡，找来罗蒙和他年轻的妻子。这时，母亲抱起儿子的头，搂在怀里，女孩用碗里调好的盐水，小心擦去男孩脸上的血痂，检查伤口。看起来，他的脸并没受伤，最后剩下他的左眼。有两块碎玻璃戳在里面。男孩瞪着眼睛，合不拢眼皮。她毫不犹豫伸手拔出其中一块碎片，男孩拼命挥手。你能看见吗？可他看不见。用另一只眼呢？他不知道，只感到痛。右眼眼窝严重充血，她判断不出，这表示有事还是没有危险。但显然，还有一块碎片留在他左眼里，刺得更深。她觉得自己没法把它拔出来，也不敢肯定，是不是应该这么做。

罗蒙把他抱上马车，让他横躺在后座长凳旁，这样他可以继续把头枕在母亲膝上。她用块包干酪的布盖住他的脸，遮挡尘土。另外两人坐在车前。吕西安的母亲带上猎枪，搁在前座夫妇两人中间。

待他们驶出数百米，恶狗再度出现，跟着他们，保持一段距离。很明显，这家伙还想攻击他们。它跑在马车边，张嘴去咬马蹄。他们看见马的脚在淌血。打死它。母亲说。罗蒙把缰绳递给妻子，举起来复枪，在漫天尘土中，朝跑近的恶狗射去。恶狗突然安静下来，蹲在地上。马车摆脱了它，向马瑟兰飞驰而去。年轻的妻子不时回头，不是看吕西安，就是望着越来越远的狗。她一直想养条狗，试图恳求丈夫。现在，这个愿望永不可能实现了。她向后抓起吕西安的手，握住不放。

医院的帕斯林医生显得有些紧张，但对自己的医术深信不疑。他说，感染可能蔓延到另一只未受损的眼睛，决定至少要保住一定视力，劝说少年的母亲同意摘除左眼，彻底清洗眼窝，或者说那个"空洞"。这样，脆弱的右眼就不会受到感染。吕西安没有参与这个决定过程。多年来，他对这群害他毁容的人，心怀怨恨。

出院回家时，他只能微弱分辨出周围事物的颜色和形状，但视力会慢慢恢复。然而医生告诉他，一年内不准读书，并建议他这段时间内不要哭。对一个快十八岁的男孩提这样的要求，不免奇怪。看来只能用冰冷的愤怒来回应不幸。他还在责怪送他去马瑟兰医院的三个人。怪罗蒙没有杀死那条恶狗，让它没接受狂犬病检查就跑掉了；怪小扁豆用可能不洁的盐水擦拭他的眼。他最恨的是母亲，竟允许他们摘除他的眼睛。他变得像个小了五岁的小孩，宁愿一个人躲在屋里，不与他们交谈说话。他生气地拒装假眼，长大后，他极少提起这段本应以泪洗面的时光。

惨剧发生一个月后，男孩收到从图卢兹寄来的一捆书，是他以前订购的。他把它们扔在一边，走回房间。如果旁边有堆火，他会直接烧了这些书。母亲任书堆在角落。女孩来他家上识字课，捡起书，向坐在走廊上的男孩走去。她宣读扉页上的致辞，然后开始念故事。"第一章——达达尼昂老爹的三件赏赐。一六二五年四月的第一个早晨……"

男孩把自己封闭起来，拒绝接纳女孩念出的每个词。她口音浓重，读得结结巴巴。他发觉，这种故作老成、佯装自然地念诵巴黎散文文体的行为，甚至更加令她蒙羞。于是，男孩停止了嘴上的辱骂，但不肯就此向她妥协。第二天，他索性待在房里，足不出户。角色的对调，令他尴尬恼火。这个隔壁的家庭主妇，因为受他母亲哄诱，认了几个字……她把书摊在膝上，拿起身旁的小刀，把书一页页裁开。乌黑的头发遮住她的脸。城市和家族的名字，她几乎一个也没念错。他把全部注意力集中在女孩微颤的左臂上，只有这样，才能使自己不被故事迷住。

她念完一章，合上书，没瞧男孩一眼便把它带回了家。第二天，她没出现。第三天，她来帮男孩母亲洗窗帘。男孩问她，能不能解释一下第一章里自己错过、没有理解的部分。她抬起头说："我太紧张，不记得了。"这是男孩以前回答她的话。"要不要我回去再读一遍？""不用了，继续念下去吧。错失某些关键部分，会令你更加入迷。"

罗蒙脱去她的衣服，拉开卧室帘布，让厨房的灯光落在她身上。现在，她长高了，身体壮了，一头长发更加妩媚。在床上扭成一团时，他察觉她变得自信和主动起来。她用手把他推开，以平等、不再害羞的目光，正视他对自己做的事。进到她身体里时，她抬起嘴，咬住他的胡子，把他往自己身下拉。这更像一场对决，而不是以往的泄欲。做完爱，幽微的灯光下，他看见女孩身上的汗珠，忘却自己同样汗流浃背。她侧卧起身，舔去他额头的汗水。他不敢相信这是她的举动，觉得是她体内的某个陌生人所为。

他睡着了。无法入睡的她，躺在床上，感觉时间一分一秒地流逝。两人身体挤在一块，她思绪跳跃，神志清醒，从敞开的帘布，看到厨房的灯依旧亮着。她找出自己的睡衣，从头上套下，擦干净两腿间的皮肤。她俯下身，望着罗蒙睡梦中的表情，平静而满足，每每令她吃惊。她相信，这是他最快乐的时光，把世界抛诸脑后。然后，她跪在床边，从床底拿出她的旧毛巾，里面裹着一本书。她拉起帘子，不让光线漏进卧室，接着坐到厨房的桌子旁，开始重读第一章。故事里的漏洞令她心有不甘。她要破解里面的秘密，然后在他朋友想要或需要知道的时候，讲给他听。

吕西安开始帮罗蒙搭建喂猪的饲料槽。黎明和傍晚时分，他把稀粥倒进饲料槽，在晨光或薄暮中，一边看猪进食，一边抚摸它们的后背。这一生他都会记得猪皮紧实的纹路、坚硬的猪鬃和它们受惊时轻微腾跃的样子。若干年后，他被征召到比利时一个小农村，给那里的士兵打针。他想起生平注射的第一针——是给一头嘴巴受感染的大猪。他必须把猪赶到畜栏一角，然后从后面抱起它，令它后腿蹬地，这样，猪就落入他怀里，任由摆布了。他用尽全身重量靠在石块搭的墙角，一手紧抱猪不放，坚持好几秒，一手掏出注射器，把针头扎进猪的腹部。这是罗蒙教他的，他在一旁观看男孩全程的动作，露出难得而鼓励的笑容。然后，吕西安松开这头看似无所谓的家伙。

原本吕西安与玛丽-奈热一起阅读的故事，现在变成玛丽-奈热一个人的。他习惯了她的声音，习惯听她念诵火爆的决斗场面，或用毫不掩饰的惊异，描述有人怎么在书页上涂毒，谋杀一个新教徒。外面的世界狡诈可怕。有几次他纠正女孩的发音，并不是为了让她难堪，而是为了保护她以后不在陌生人面前出丑。她一星期为他朗读两三次。他们再度平起平坐，在故事结局揭晓前，探讨某个动机的其他可能性，争论谁是最佳火枪手。和男孩一样,达达尼昂也是来自热尔的加斯科尼人,这一细节令他俩欢喜不已。

她注意到,下地干活使男孩发生了变化。他的手臂晒黑了,嗓音蜕去了尖细的童声外壳。他不再是那个初遇时的男孩。现在,他重拾信心,开始四处走动,拥有那份她永远缺乏的沉稳果决。在踏进男孩带给她的快乐和希望前,她内心再次犹豫起来。

闹婚和守夜

她是在圣迪迪尔瑟罗切福的集市上遇见罗蒙的。她父母双亡,由叔叔抚养长大。经过一小时的讨价还价,叔叔把她卖给了罗蒙,他俩就这样结了婚。每到春天,附近山谷四周——派瑞兹、夏隆——都有婚姻集市。玛丽-奈热十六岁,罗蒙三十好几,他们坐在一张小桌旁,等文书员写下结婚协议。

当晚,他们薄弱的婚姻基础遭到二十来人的嘲笑,这些人是来闹婚的。那时候,与不熟悉的外人通婚,被认为是对本村的侮辱。丧偶后太快再婚,众所皆知的奸夫淫妇成婚,或是夫妻年龄差距太大,都会招致人们对新郎新娘的羞辱。如果女富男贫,横幅上会写一句谚语:"只要家底殷实,狗熊也能娶进门。"如果两个通奸的人结婚,人们会举着一个下体勃起的人体模型,挤在迎亲队伍旁。有些闹婚活动持续两月之久;如果付钱给他们,可能几个小时就收场。罗蒙和玛丽-奈热既没钱,也没势力,轻易沦为闹婚攻击的对象。虽然罗蒙长得孔武有力,人体模型却把他塑造得年迈体弱,腿上坐着幼小的新娘。传闻近来有几对新人被闹婚逼疯了;有个受辱过度的丈夫,用锥子刺死了第一个嘲笑他的人。结果,婚礼变成了刑场。

整晚,玛丽-奈热叔叔的家被火炬、锣鼓和驴叫般的猥亵歌曲团团围住。罗蒙在窗前站了几个小时,于破晓前溜出屋。其他人都去睡觉了。他把两个留下来看守的男人痛打了一顿,勒昏了一个,拧断了另一个的手腕。他孤身立在草地上的两具身体旁。约莫五点,天快亮了。新婚妻子提着油灯走出屋,他赶紧熄灭火，双手搭在她肩上，继而把头靠在她身上。玛丽-奈热穿了件男孩子的衣服，一头短发。他们没有回屋，而是解开绳索，牵着她叔叔的马儿，蹑手蹑脚在最后的夜幕中离开村子。走到空旷的原野，罗蒙蹬上马，伸手拉住妻子，用力一提一甩，把她放在自己身后。晨曦中，他们向南奔去，周围的田野焕发出勃勃生机。

他们马不停蹄地穿过阿尔代什，只靠灌木丛和树上的野果或路边菜园里捡来的食物果腹。快到尼姆时，他们掉头往西，经过塔恩和上加隆省，到达热尔后，她脱下男孩的装束，换上一件黄棉裙。他们在一座果园找到工作，夜晚与其他工人一块睡在拥挤的谷仓。他俩还没有正式同房过。第三天晚上，罗蒙喊醒她，两人走进毗邻一间温暖的马厩。里面的马儿立刻被惊醒，意识到他们的出现，一阵紧张的沉寂。他走上前，摸摸它们的前额，安抚每匹马。共有七匹。然后走回到一张长凳旁，十六岁的女孩坐在那儿。月光倾泻在打开的门口。他蹲下身，发现地上铺的稻草沾满泥。入口处摆了一只积雨水的桶，他去那里洗手和脖子，站在夜风里，等身体吹干。玛丽-奈热出来，走到他旁边，把纤细的胳膊伸进水里，洗完脸，用勺子舀水浇在腿上。

周遭一切浸润在幽幽的蓝光中。几年后，罗蒙因伤人入狱，在牢里时，他常常回想起这一刻，玛丽-奈热用雨水冲洗腿脚，身上蒙着一层淡淡的蓝，连碧绿的田野也是蓝色的，只有月亮不是。他令她趴在水桶上，掀起她的黄棉裙，可她转过头，望着他，亲吻那双安抚一匹匹马儿的手，好像会一直轻抚下去，好像那七只动物是他们结婚以来遇到的唯一有教养的同类。此刻他们仿佛置身世外桃源。他触碰玛丽-奈热柔软可人的脸蛋,从脖子摸到她湿漉漉、用手梳理的头发。她把手掌贴在罗蒙粗糙的汗衫外,亲吻他颈下露出的一块三角形皮肤。然后,她转身伸开双臂,环住水桶宽大的边缘。水中映出月亮和她幽灵般面孔的倒影。罗蒙撞击着她的身体,接下来的时间里,无论多么震惊,多么疼痛,她眼里总有一轮狂乱的圆月,在水中摇晃,被晃成无数碎片。

俗话说:"远方来客好蒙人。"[1] 第二天,有个陌生人认出他们,四处散布他们结了婚的流言,议论罗蒙的野蛮行径。不到半小时,他们便离开了果园和昨晚带给他们蓝色回忆的郊野。他提议,两人路上以兄妹相称,骑着女孩叔叔的马,继续西行。接下来几个星期里,他们找不到充饥的食物。后来,女孩的月经也停了。深夜,在有身体接触的机会时,他们做过几次爱,可疲惫不堪的身躯得不到一点欢愉。他们整天都在赶路,唯一能感到的是饥肠辘辘的饿。所有财产只是一个水囊,夜里用它解渴。两人都不识字,要找工作只能靠向别人打听。但他们不和任何外人交谈。只能去他们相遇的那种市集上找工作。在欧什西面的巴伦村,他们置身在熙熙攘攘的人潮中,周围有变戏法的人,拔牙的郎中,替人占卜未来、仿佛能看穿人心险恶的算命师。望着一个个货摊,女孩发觉自己不该那么早剪了长发,本来可以卖给做假发的人,换一点钱。

市集上有个扛猪比赛,看谁能把一头活猪抬得最远,胜者

---

[1] 这是一句法国谚语。

可以得到那头猪。罗蒙双手抱猪，超过所有人，赢了比赛。他累得不支倒地，还没从草地上站起来，就把猪卖给了一个农民。后来，他改变了主意，决定用猪和那人换一份工作。农民同意让这扛猪人和他的假小子妹妹在田里干活，晚上就睡在谷仓。几天后，农民邀请罗蒙和玛丽-奈热参加邻村的守夜。村民们集中在一幢宽敞的白垩墙建筑里，感觉像夜市或聚会。女人们坐成排，有的做女红，有的削苹果或围在火边焊栗子。男人在稍远的后面，修理或打磨工具，唇枪舌剑，耍嘴皮子。罗蒙和他们坐在一起搓麻绳，用火烧掉多余的零头。一个女人拿着铲子走到男人中间，让他们从热灰里取食栗子和土豆，又送上一壶热的葡萄酒。

守夜把村里的人聚集起来，每个人即使筋疲力尽，也主动参加工作。外面贫瘠的土壤很难种庄稼，生活不断重复同样的轮回。男人们常把一句口头禅挂在嘴边："这辈子是养猪人，下辈子还养猪。"话虽刻薄，却不乏几分清醒的通透。罗蒙和玛丽-奈热在这里终于可以填饱肚子。每天干完活，虽然已疲惫万分，但他们仍把剩下的时间献给守夜，换取那里的食物。他看见玛丽-奈热在房间另一端，靠近火炉，帮忙洗衣服，像个混在女人中间的小孩。男人在昏暗的房间外围向心仪的女孩求爱，恋人们在偷听尖酸讽刺的黄色笑话。趁玛丽-奈热绞干被单、把它们挂到火炉旁晾干时，常有少年或如罗蒙般年长的男人，上前与她搭讪。

这是她人生中最惊心动魄的时光。披着伪装的冒险。无忧无虑地睡觉。和一群人挤在谷仓里，她觉得像在罗蒙旁筑起一道防护墙，迫使他只能用柏拉图式的方法表达爱意。他们想要或需要做爱时，隐私的被剥夺以及逾越兄妹之情的罪恶感，使情欲的张力变得……刺激迷人。任何语言交流的愿望都只能转换成幽暗中的对视。他整夜把手放在她背后，温柔而谨慎，这已令她心满意足。参加守夜时，面对冒失的追求者，她会慢慢转过身，把目光投向黑暗中工作的男人们，用手梳梳头发，耸耸肩。她知道，罗蒙一定正盯着她看。

期待夜晚。肩膀上的那只手。触摸她膝后碰不到的那块柔软之处。哥哥与妹妹，安静地躺着，默不作声，只有肌肤的摩挲。如果有人点起蜡烛，橘黄色昏暗的光线里，只看到两人贴在一块，像睡觉时偶有发生的亲近那样。黑夜掩护了他们。她轻轻往后靠着他，只是等待。他已经在她的身体里，保持不动，不愿让它结束。一声低语。等觉得自己达到高潮时，他伸手捂住她的嘴，不让她出声，可实际上，所有动静来自他粗重的呼吸，吹过她耳边。这时，如果在大谷仓中间点一支蜡烛，照出的是一个怀恨在心的哥哥企图勒死妹妹的画面。

起初，这种兄妹姿势使他们无法互相了解，但后来，在这种角色掩盖下，他们洞悉了对方真实的渴望。发现夫妻之爱的同时，也意识到身边时时存在的危险。彼此陌生的他俩试图在异乡求生，认识到任何一样拥有的东西，都有可能被夺走。在这个铁石心肠的世上，剩下的人生里，除了彼此相依为命，没有什么是可靠的。

情 书

吕西安·塞古拉举行婚礼的前几个星期,母亲过世了。小扁豆第一次不请自来,走进他家。她拉了张椅子,坐在棺材旁,头枕在黑松木上,不愿移开。她得到过这个女人很多帮助,在她的影响下奇迹般长大。最近,罗蒙因在巴伦殴打一名木匠,被关进监狱,玛丽-奈热差点失去住的农舍,是吕西安的母亲替她交了房租。因此,当玛丽-奈热跪在棺旁、失声恸哭时,吕西安相信,部分是出于害怕失去家园。他把她拉到一边,告诉她,农舍仍是她的,他会继续付房租;她轻蔑地瞪了吕西安一眼,转头离去,继续坐在椅子上,把头放在黑松木棺材上。吕西安意识到自己误解了她的悲痛,侮辱了她。自那以后,他很久没有看到她。即使见面,她也不和他打招呼。不管他说什么,都不能抹去造成的伤害。

从初次相识到吕西安结婚,那些年中,有两个版本的玛丽-奈热深深刻在吕西安心里,无法调和,像透过一面有裂缝的体视镜,不能把里面的图像合而为一。一个是穿着黄棉裙的十七岁少妇。早些年,她经常穿那条裙子下地干活,到河边打水喂牲口,或去他家。后来,她老了十岁,变成现在这副模样,可吕西安几乎浑然不知。即使那些年他察觉到成长的脚步,也多是与自己有关。羞答答长出胡子,学会刮胡子,母亲苍白的面孔。总之没有她。

现在,因为那次侮辱,他觉得自己失去了她。玛丽-奈热不会再接纳他。但在婚礼上,她出乎意料地拍拍他的肩,等他转过身，她顺势滑入他怀里，无声地开始与他跳舞。他惊愕得方寸大乱，可玛丽-奈热似乎并不介意。他说了点什么，内容无关紧要，只是想找个话题，打破紧张的气氛，但她没有回答，只是抬头凝视他的脸，这个不可缺少的友伴，现在终于和自己一样，踏入婚姻殿堂。过去，她曾拒绝与他探讨这件事。她露出像动物那样古怪精灵的表情，仿佛已猜到吕西安要找的借口或托词。一支舞跳下来，他忘却了言语，为了好好看她，不敢把她搂得太紧。像几年前母亲开的玩笑，他能感觉到她身上的"肉块"。当然，她穿的是条普通棉裙，但是他从未见过的。浓密的黑发梳得整整齐齐，如夜空般一尘不染。他凑近去闻，是河水的味道。玛丽-奈热为参加他的婚礼做了简单精心的准备。也许花了和她做新娘时一样的工夫。此刻，他们相拥起舞，不理会脚下舞步的规则，回想起是吕西安的母亲教会他们跳华尔兹。

尽管不是从小一起长大，但吕西安认为，玛丽-奈热在他眼中的美丽，源自自己对她的熟稔。他把脑海中两幅她的画像并排放到体视镜下，看出其中的呼应。可他内心仍有一点牵动，认识到这个女人身上有种隐蔽的特质，令他感到亲切。不止是她的脸和身体。他自以为娶了一个容貌与身材都合乎心意的妻子，但有些更宽泛和迷惑的东西，一片完整却更加暧昧的天地，一颗情不自禁的心，令他在火枪手里选择了柏图斯。他一直不理解为什么。

音乐结束，她像个陶醉在罗曼蒂克中的女子，从衣袖里抽出一张字条，塞进他胸前的口袋里。女方家人上前与他跳舞攀谈。他觉得这些亲家无关紧要，也完全不把他们与自己或妻子的血缘关系放在心上。那张无法展读的字条像一团火，在他胸口足足烧了一个小时。突然间，他被玛丽-奈热迷住，这个女人成了他生命里唯一重要的东西。他能看出，这场婚礼舞会给两人留下什么回忆，这是他迄今最清楚的一件事——无法想象，一个星期甚至一小时后，她见到他时会有什么反应。她不只是走进他怀里跳了一支舞，还等待了一个精确恰当、不落人把柄的时机——阳光下的婚礼，永无止境的美食——递给他一封情书。他们像大仲马笔下的人物。她在字条上写了再见，然后是你好。这令他想起一句话，有时，信鸽送到海牙的消息，会改变一切。她像那些略带恶意和善变的女主角，在错误的一天，搅乱了他的心绪。

夜间写作

他有一段时间没有见到她。吕西安与新婚妻子离开马瑟兰，到北方旅行，去了布列塔尼南部的森林和巴黎。三个月后回到家。他和玛丽-奈热之间相敬如宾的来往再度陷入僵局。他迈入婚姻核心的妥协阶段，并认识到，如果想要在家庭以外有所作为，必须认真努力地工作。

他待在过去继父的工作室，从早晨写到下午。窗外的自然景致与他童年时基本无异，只是茂盛的树林挡住了河流。吃完晚饭，等妻子回房或访客离开后，他回到漆黑寂静的书房。油灯里装的是钟表匠用的机油，开灯前，他先让自己体会房间里机油的味道。坐在桌前，推敲白天已经写好、构思好的篇章，灵感不经意突现，脑中蹦出一连串句子，为接下来的创作打开一扇门。他彻夜工作，房里一片漆黑，唯独亮着一盏油灯。只有笔和本子是活的，其余的世界都坠落在梦境的悬崖。偶尔，远处卧室传来枕边的倾诉声，异次元的一条线索，像一株刺柏树根，在地球内部延伸。他把写的东西大声读给自己听，像母亲在世时玛丽-奈热为他朗读那样。那时，她十七岁，他们还读不懂巴尔扎克。他们用这个方式走进广阔的世界。现在，他在里面了吗？

他推开玻璃门，走到屋外。夜晚的冷风灌进他的衣服。他注意到坡顶一方窗上亮着灯。一条紧绷的绳索把两座农场系在一起，绳下是万丈深渊。

姻　亲

　　他从未完全肯定，是什么促使他走上写作这条路。他看过母亲在婚礼上与钟表匠跳舞，只拥抱着跳了几步。有一次是和猫——他记得母亲和一只猫在草坪上共舞。这些亲眼所见的美妙时刻，成为他效仿的模板。这是他体验世界的一种方式。

　　少数几个了解他的女人（母亲，隔壁那个少妇）看出早期成功带给他的变化。他从犹豫迟疑变成一个更加果决、孤僻的青年，给自己的人生披上伪装。对他们来说，他像一只误入名人殿堂的生物，身处一片灯火通明中，像到了遥远国度里的动物园，以为有夜幕遮掩，殊不知，一举一动都被他人看在眼里。

　　准备结婚时，未婚妻的家人向他们推荐了一位算命师，他很出名，据说准确预测了那些村人的遭遇。算命师分析他们的星相，然后低声说了一堆万无一失的预言。他们正要起身回到布拉兹艾明朗的阳光下，算命师拉住吕西安·塞古拉的衣袖问道："你种地吗？"不，他拒绝透露自己的职业。那人怀疑地看着他，然后松开他的手臂。吕西安和未来的妻子离开那间挂着帘子的会客厅，手挽手在路上逛了一两个小时，路边开满罂粟花。婚后他们生了两个女儿。经过多年和睦相处，渐生怨怼。谁也不知道，是哪个晚上，什么时候，因为何种背叛，突破了那条底线，像被路上不起眼的小坡绊倒，或像小船不知不觉穿过赤道，现在，两人的世界实际已上下颠倒了。

　　城市里发表了种种关于他的文章，议论他的事业、创作、病态的心理、生活环境、缺少知心朋友、神秘多面的个性、他的灵魂。他们重绘了巴涅尔-德比戈尔镇、加斯科尼地区和马瑟兰的地图。当地的神甫、附近的屠夫和邮递员,纷纷从吕西安·塞古拉世界里不为人知的角落站出来,讲述他们知道的故事,分析他避世隐居的原因。得出的结论是,他妻子保存了一本日记,里面尽诉对他的愤怒。他本以为两人相亲相爱,读了几页日记,发觉彼此根本无视对方的存在。他被描写成一个扭曲的男人,像晚上动物园里的夜行动物,在黑暗中现身,大声怒吼,或撕咬同伴,吞食自己的孩子。

有时,他失去身体里给他安全感的那个关键部分。塞古拉[1]。仍未摆脱名字的反讽。可靠的世界消失了。女儿之一,可能是露茜特,走进黑漆漆的客厅,见他肩上盖着条单薄的格子毛毯。她被派来劝他开口说话,把他带离自我的世界。爸爸!母亲坚持要她端盘食物进来,但女孩没有把盘子放在他腿上。她十六岁,想做父亲的精神伴侣,而不是一个只把他从黑暗中唤醒的传声筒。他对黑暗里发生的一切了若指掌,连脚步声也听得一清二楚。女儿坐在地上,像长毛狗一样,靠在父亲腿边,仿佛这具沉默的躯体是自己的主人。露茜特记得房间里的闷热,待了几小时,深感厌倦。后来,她把父亲每个微小的动作当成一种说话方式。她开始诉说自己的恐惧、内心的嫉妒、对未来的憧憬,最后,吕西安终于开始喃喃低语,讲述自己孩提时遇到这种境况或心生类似恐惧时,如何应付。他永远无法确切记起,在光线黯淡、开有小窗的房间里,是哪个女儿陪他度过长长的一天。当时,他觉得薄薄的毛毯是他唯一的皮肤,

---

[1] 塞古拉(Segura),在西班牙语里是"安全、平安"的意思。

只要轻轻一口气，就能把他体内的碎片吹散。

他记得童年时有一只金属铅笔盒，记得那个曾和他同坐一节火车车厢的年轻女郎。他在自己的三本书里给她取名克洛蒂勒。她告诉他，她的情人是个危险人物。那个男人俘虏了她，嫉妒她的朋友，推翻了她看待事物的角度，没有人可以提出与他相左的看法。那节车厢里，吕西安坐在她对面，两人像一对多年的老友，在夜晚的啤酒馆聊天。她看上去聪明理智，唯独接受了那个男子。人多么容易困在另一重人格里。

想到与妻子不快的婚姻，他好奇，不知道自己对她是不是也这样。回到家，他省思自己在家中扮演的角色，认识到他的控制欲。的确，他发现火车上那个与他聊了三小时的女人，更让他爱怜生情，即使在忙碌中也对她念念不忘。于是，虽不曾介入她的生活，但他开始虚构这个女子的白天黑夜。一年多里，他创作了以克洛蒂勒和她凶狠的情人为主角的小说，描写他们居住的房间，叙述克洛蒂勒出于爱慕和贪图一点小小的享受，到欧什拜访一位作家。他观察并描绘她沉睡时脸上的倦意，写她高潮时呼吸的节奏，写长辈般慈爱的作家私下送书给她，令她沉迷在阅读中难以自拔。一年来，他几乎全身心活在她的世界里。完成"克洛蒂勒三部曲"后，他打开书房门，恍若隔世。一群亲家住在他马瑟兰的庄园里，吵吵闹闹。他是一个大家族的一家之主，不再只为自己而活。

* * *

从女婿身上很难认识到自己的缺点。他应该站在更中立的立场，审视这个青年。如果吕西安客观对待他在这个年轻人身上看到的，他本该吹响警笛，阻止这个恶魔。他的女儿可能会恨他一阵，但所有问题最终会暴露，并得到解决。然而，他觉得自己受了这个男人的欺骗和算计。这位年轻的求婚者是个新近崭露头角的诗人，他毫不把吕西安的家长地位放在眼里，而吕西安却对他讨好全家人的殷勤诌媚信以为真。

然而，真正发生的事更加无法无天。吕西安的女儿露茜特，现年二十二岁，和亨利·库尔塔德订了婚。而年轻诗人皮埃尔·勒卡哈正在追求他十九岁的小女儿特丽莎。从父母角度，吕西安能识穿这些浪漫情事背后的本来面目。皮埃尔·勒卡哈更倾心于举止和善的露茜特，而她显然不肯错过诗人向她投去的每束目光。吕西安关注两人隐蔽克制的举动。递纸巾时，手按在对方手上；露茜特登上划艇时，久久停留在她身上的目光；在钢琴边合唱一首歌曲。有张照片记录了一切。一次拍全家福时，大家都认真地望着镜头，没有人在看他们。露茜特和皮埃尔忘记了镜头的存在，公然互相对视。吕西安把这一定格成永恒凝望的明证保存在自己的工作室里。

对此，他也许应该保持沉默。对一个父亲而言，他没有必要为女儿监督属于她们的空间。成年的孩子不再是孩子；他们懂得的比看上去更多，所能容忍的超出父母的想象。但吕西安把这些背叛揽在自己身上，从身边的这两人身上挖掘每一点线索。夜晚，听到他走过大屋走廊时，这对情人会屏住呼吸。那个青年具备野心家的无耻和魅力，但不得不承认，他是个优秀的诗人，吕西安·塞古拉不知如何是好。

露茜特向父亲吐露，自己怀孕了，婚礼需要提前。吕西安一定要她和自己到田野里走走，讨论这件事。可一旦单独面对父亲，露茜特拒绝承认自己对皮埃尔的感情。当吕西安借称赞露茜特未婚夫的优点，提起青年诗人的名字时，她目瞪父亲，以为他疯了，然后不经意地把话题转到妹妹身上，谈起她近期结婚的可能性。吕西安开始怀疑自己的猜测；也许是年纪大，思维迟钝了。他们在田野里走了一小段路。三个星期后，露茜特出嫁了。婚礼上，他表现得像个心满意足的父亲。就他所知，露茜特与那个才华出众、满嘴谎言的诗人的恋情，已经结束了。

不久，皮埃尔·勒卡哈出版了一本引人瞩目的诗集，里面的诗写给未来妻子特丽莎。因写得含糊隐晦，不能对号入座，所以具有一种"普遍"价值。同时，诗行间流露的感情，丰富饱满，令人动容，很快在巴黎掀起轰动。人们开始筹备第二场婚礼。特丽莎欣喜若狂，母亲也十分高兴。吕西安感觉家里涌动着一股狂热。一切都是虚假的表面。通过旁观和聆听，他发现没人意识到另有真相。真相藏在他书房的那张照片里。两个恋人公开地四目相对。这个闯入他家的男人，像有符咒护身，令吕西安无计可施。露茜特生来具有一种自然优雅的风度，有客人或信使进屋时，会主动从座位上站起身。她决心像父亲一样成为一名作家，不断提高和完善自己，在纸上反复修改自己的创作，用铅笔在作文里插入更佳的韵脚或隐喻。最近几年，她甚至帮父亲删除他作品里一两处流于感伤的描写。他望着露茜特纤瘦的手把揉成一团的稿纸铺开，上面写着被他划掉的词句，她换成更委婉的言辞，然后用试探性的眼神，询问他这样会不会好一点。对有些书，如弗拉马里翁[1]的天文学著述，吕西安会购买两本，让自己和露茜特能同时阅读。两人徜徉在同一本书中，分享里面的文字。他相信，露茜特思考的方式开始和他渐趋相似。

在举行两场婚礼天翻地覆的数月中，他感觉一切都变了。他得知，露茜特一面不愿伤害自己的妹妹，一面在夜里走进特丽莎未婚夫的房间，取悦他。他们东躲西藏，汲汲寻找可以做爱的空隙。她在某个固定时间走进花园的淋浴间——小时候她在喷头下洗澡——用绳子或丝带把门绑住，心知男人已赤身裸体在里面等她。他们安排相同的时间去巴黎，喝完艾酒，醉醺醺一起睡在旅馆房间里。他们无节制地喝黑咖啡，通宵写作。虽然只能偷偷摸摸，但没有什么能把他们分开。

而且，她已经嫁给了那个温柔忧郁的亨利·库尔塔德，不是吗？追求妹妹的人，慵懒富有才气，反应敏捷，不止对她，对她所有的家人都幽默风趣（露茜特爱的正是他这点）。他骗过了他们，使自己能够接近露茜特。

"如果你不解除婚约和我结婚，"皮埃尔·勒卡哈威胁她，"我就想尽办法成为你家的一员。""你敢。"她回应。"我会向特丽莎求婚，"他说，"如果她不肯嫁给我，我就去做个建筑师，为你父亲设计房屋，或给你家庄园当园丁。""我们的邻居坦丁会照看花园。""那我就当你父亲的传记作者。""他不愿别人给他写传，他已经够有名了。""那我就把你肚子搞大，让一

---

[1] 卡米尔·弗拉马里翁（1842—1925），法国著名天文学家和科普作家，法国天文学会创始人，并创办《天文学》杂志。

切变得不可收拾。"

他们之间不存在任何原则，或者说唯有一条——只要两人可以在一起。"如果我怀了孩子，一定是你的。"她说。这成了第二条原则。

她包容他的一切，爱到心痛。

我要……来吧。这个。

这儿？

对。

她跪在某家人翻过土的田里，让他伸进自己的嘴，然后再站起来。刹那间，整个世界都被他们置之身外。

花园里有座高塔，吕西安走到一半楼梯，往下一瞥，看见怀孕的女儿挺着大肚子，在喷头下洗澡，一棵桦树遮去了她部分身体。即使在孩子们长大成人前，就几乎没人再用过那个淋浴喷头。年轻时，他们一家人夏天在那儿洗澡。吕西安停下脚步，注视露茜特用手飞快地在身上涂肥皂，那一刻，他突然感到一种欣慰和释然。不管那种爱情是什么，从何而来，他都不计较。的确，他自己也曾和他们一样愚蠢过。它伤害了什么？最后还是回归原来的轨道，即使这次也一样。

他确信，女儿怀的是皮埃尔的孩子，但一切都会好起来。有时，欲望之火会在最陌生幽暗的房间里迸发，但一个家庭可以想办法包住火种，把它熄灭。这是他从自己人生里得出的经验。他继续攀登陡峭的铁梯，又往下看了一眼，露茜特用湿淋淋的双手抚弄浅褐色的头发，发色变得更深了。然后，她似乎听见什么，背过身，弯下腰。皮埃尔·勒卡哈修长赤裸的身体,步入她和吕西安的目光之间。

纯洁无瑕的观赏———一种庆典!———骤然使他变成一名偷窥狂。女儿张开双手,前臂按在长有青苔的墙上,皮埃尔把她洁白的臀部和肩膀拉向自己。他的身体一次次深入到她里面,仿佛她是宇宙的最中心。吕西安想到女儿的小手,她曾用它掸去自己稿纸上橡皮留下的碎末。

他赶快转身,走下楼梯。回到地面上常人的观察视角。十米之上,目光越过墙,看到意外显露的房子。你是一个身在半空中的作家。这是日本艺术家所谓的"屋顶洞开法"。这种无所不能像一道诅咒,令他看到浪漫背后狼狈的真相。幼年做噩梦时被他抱在怀里的那个小女孩,现在有了成年人的欲求。尽管年轻时,他和同一个她在相同的喷头下一起洗澡,但刚才那幕,是某种父亲不该分享的场景。

那时,她只有他膝盖那么高。

许多个夜晚,吕西安在梦中被女儿的放浪惊醒。这个在他眼中温顺规矩的女儿,怎么会变成这样?仅仅因为皮埃尔是她不惜一切想得到的男人?一块被欲望烧红的木炭在她舌尖改变了她,使她脱离家庭的庇护。吕西安发现,自己越发喜欢这个骄傲、令人难忘的女儿,这个陪他阅读弗拉马里翁的书伴。她离开他,投入这个危险的陌生人怀抱。吕西安对这个男人毫无好感,但心中清楚,露茜特把自己交给了他,诚如在花园淋浴房里,她弯腰后退,完成和他的身体结合。欢愉令她没有一点防备。

有时候,真相对成人而言,隐藏得太深,只能在深夜连续数小时的修改和重写中浮出水面,这是一种千锤百炼的方式。

而小孩能一眼把事情看穿。他不明白，皮埃尔写的一系列组诗，怎么能够如此富有感染力和说服力，他不明白，两个看上去关系这么密切的女儿，怎么会对彼此漠不关心。曾经，他有满腹学问要传授给孩子。不正是他，教女儿怎么翻过围栏，告诉她们给狗喂多少食物？

* * *

如战前一名小说家在沙龙上对他说的，也许他的人生"已经够完满了"。小说家指的是，他已有的作品足够使他功成名就，或至少，他有机会得到别人在文学事业所能期望的最高成就。即使这样，仍不能让他感到安慰。他想要的不是名气，和二十岁时一样，他对成名毫不在乎。为了逃避出名，他把自己的生活分成无数碎片。（出门旅行时，他只找一个朋友作伴，绝不和两个人同行。到一个地方后，两人告别，他可能在拉帕利斯遇到下一个熟人，与他一起走到勃艮第。）不管怎样，在浩石大道举行的沙龙上，他和那个骨瘦如柴的小说家一起跳舞。她的一只手搭在他肩上，另一只手像鹅翅般搂住他的脖子。这一举动暗示了某种可能性。他经常把她想象成自己的情人。她是个体面的作家，事业有成。但对吕西安而言，创作是一种即兴抒发。开始几次，他下意识地要把自己做过的写下来。稿纸像一间鸽房，一个人的经历汇拢于此。收集的素材，丰富多样，令人激动。里面没有判断。他开始写作时，并不追求判断和结论。然而，不知何故，评价对他的人生变得重要起来。当他只想漫无目的地跳舞时，他的舞伴是一只猫。

马泽尔的树林

很多年前，吕西安·塞古拉的母亲在世时，巴朗的教堂钟楼在整修，雇来的工人在五十米高空作业，体格健壮却身手灵活的罗蒙是其中之一，报酬比别的地方优厚。他被吊在一个绳套里，锤锤打打，刮去钟楼腐蚀的表面。螺旋形的塔身骨架渐渐显现出来。然后，他和其他人把身体绑在滑轮上，进入古老钟楼的内部，在黑暗里加固建筑物的支架，在每一层铺上新的八角形地板。

呼啸的大风横扫平原，雪花在他们中间飘舞。在塔里工作了两月后，他们挪到阳光下，吊起用新伐的树制成的木板，重修塔的外观。此时，从事这份危险工作的罗蒙，连人也变得可怖起来。他极少和别人聚在一起干活。回到地面时，大摇大摆的神情，像喝醉了酒，终于从紧张的平衡中解脱出来。一整天，他不是挂在蝙蝠状的绳套里，就是立在空中一根尖尖的铁棒上，热尔的一切尽收眼底。他看到许多条纵横交错的褐色道路，通往森林，看到二十公里以外的欧什，看到自己每天在夜幕下骑马回农舍经过的道路。到家约八点，他和玛丽-奈热一块吃顿饭，凌晨五点又起床，重返巴朗。如果没有夜晚独自骑马回家的那段旅程，没有玛丽-奈热和他们睡前的枕边低语，他觉得自己肯定会发疯。第二天早晨七点，他重新投入翻修钟楼的工作，两腿跨在建筑物上，身体贴着十三世纪砍下的木头。整个冬天，他对着倾斜的屋顶工作。不过最艰难的时刻是天黑前下地时，他需要用别的方法试验踩在地上的感觉，仿佛要把土地牢牢抓住。

夜里下起了雪，罗蒙和玛丽-奈热一觉醒来，大地银装素裹。在热尔，下完雪，太阳一出，雪就融化了。葱绿的田野和森林很快恢复生机。可当罗蒙骑马向巴朗奔去时，时候还早，雪地上留下一道弧形的马蹄印，伸向树林。他总是穿越马泽尔广袤的树林，不到一小时，就能到巴朗。骑马时，垂挂的矮树枝擦过他的肩，雪花落在他膝盖上、腿上，落在马尾上。最后，他松开缰绳，任马选择自己要走的路，晚上回家时，它会记得走过的路线。

罗蒙朝天仰躺，头上的枝叶编织成明暗交叉的绿色挂毯。这一刻，他迷失在移动的世界里，回到童年，做他童年时做的事。缰绳撂在他膝上，脑中一片空白。他既不识字，也不善言辞，只在必要时才开口说话，因此，身边发生的一举一动，含义在他眼里被放大，引起种种揣测。玛丽-奈热一次不作声的犹豫，巴朗教堂主事说话的语调，大都变得另有深意。于是，看到喜鹊轻快地飞过低空，衔起某个亮晶晶的东西，犹如把什么放进石磨，在他心里慢慢研磨开来。

他骑入树林时，鸟儿还没醒来。从天而降的第一声鸟鸣，像一滴水溅在他身上。此时，橡树和山毛榉重复冗长繁赘的飒飒韵律，令他觉得像经过一片热闹的集市。罗蒙通过声音和姿势区分奶牛、猪和受惊的猎犬——它们与人类无异。他能读出它们爪子骨折或口渴的表情。但鸟儿的歌唱，充满无穷奥秘，深深吸引了他。他与广阔的天地同生共存，里面包含了森林里和天空中的生命万物。无论在什么地方工作，他都会抽空走进灌木丛或树林。

骑出树林，原野上阳光耀眼。他从马背上直起身，凝望远处巴朗的螺旋钟楼。他看上去对身边一切不理不睬。每次吕西安和他闲话家常，问他问题时，如果他觉得显而易见或可以用手指明，便很少张嘴回答。但当那些玻璃碎片割破吕西安的脸，他回避他们所有人以后，罗蒙才觉得和他亲近起来。结婚以来，他从不相信任何陌生人。在狭窄的街上碰到其他人，他会僵直身体，让别人从他身旁绕过。他几乎一无所有，但为了保护他拥有的一两样财产———些家具，包括一张床和一张桌子，两匹马，以及他饲养的猪——和他认为属于自己的东西，比如妻子的手臂、每天在树林骑过的那条路，他会和一群人开战。其他事都与他无关，尽管也许对他不利。

晚上，他返回农舍，玛丽-奈热点起两盏油灯，挂在门口，使他可以不走马车道，直接穿过田野。每当骑出山谷，到达坡顶，看见两盏灯时，他会发出一声长长的狼嚎，妻子就知道，他快到家了——有时，吕西安和母亲，或吕西安的未婚妻，以为有动物路过两座农场。如果问起，玛丽-奈热会说，不，没有狼，但他们从不相信她言之凿凿的肯定。她从未透露吼声的来源，这是她与丈夫之间最温柔亲密的交流。

在巴朗，罗蒙系上一条皮围裙，上面有装钉子的口袋和插锤子的环扣。他不理别人，顾自登上钟楼一侧的梯子，再次回到空中孤身一人的状态，只有剧烈的大风和敲打铁锤的回音与他相伴，人们在塔底大喊大叫，好似狐狸的吠声。这令他想起闹婚当晚那些猫头鹰般的叫嚣。这类无言的事件和细微的动作，以这种方式汇集在罗蒙身上。在高高的钟楼上，他眼前浮现出那只俯冲的喜鹊，嘴里含着偷来的某物，闪闪发亮，好像

·219·

是个信号。

在蒙特扎，他偷了附近教堂里的一个木娃娃。剪下教堂长椅间跪凳上的绣花布，把它抽走。墙上挂的圣徒像。一个大理石碗。一小块地毯。一个乌木十字架。一块覆有毛毡的盖墓石板。在冯塔妮、杜爱乐、布鲁艾勒、马勒莫和塞尼亚——他每到一处，就拜访古老的教堂。午夜时分，教堂里空无一人，冰冷漆黑，透出微微的庄严。有些夜晚，他并没有径直飞奔二十公里回农舍，而是到大森林周边的村庄去。他走进教堂，睡在黑暗中，拿走他需要或觉得教堂不需要的东西，花边饰带、画像的银框、一座雕像；他把它们带到马泽尔树林的一片空地上，等待天明。曙光微露，冰霜覆盖了一切。鸟雀和猛禽在黑暗中醒来，发出断断续续的啼叫。他挖开自己以前埋的油布，把新偷来的东西添进宝库。他将用这些物品交换果蔬、谷物和衣服。

翻修钟楼的最后一步是铺石。石块从昂热地区运来，安装时不可重叠。工人们用铜制的枪钉把它们钉上去。距十字架和公鸡雕塑十米的下方，罗蒙稳稳立在单独一枚铁钉上。他望见西北马泽尔的森林，像白茫茫中一片翠绿的苜蓿叶，雪落在树丛深处，所以看不到。从教堂拿的东西都埋在那里，除了一枝从圣徒雕像的上衣上拔下的彩绘木花，他打算送给玛丽-奈热。这件偷来之物，像只欢蹦乱跳的云雀，放在他口袋里。

他停下手中的铁锤，眺望远方，看见玛丽-奈热正骑马向巴朗赶来。虽然相隔甚远，他仍能认出妻子的身形，他们离巴朗还有半小时路程。在不久发生的打斗之后，玛丽-奈热不打算让他知道，自己那天为什么去巴朗，有什么消息要告诉他。他见矮小的她拴好马，朝一群木匠走去。他料想到这些男人肆无忌惮地盯着她；她是那儿唯一的女人，肯定遭到非礼。然后，木匠们抬起头，指指塔，笑声传入他耳中。他在这座奇形怪状的塔上，呆立了半晌。人们坚称，最初是一阵突然的怪风，或一个为爱发了疯的屋顶工人，造就了这座塔。

田 野

每次从监狱探望丈夫回来,玛丽-奈热走过他们的两块地——一块呈马蹄形,围着畜栏,另一块面积大一点,向山坡上延展。过去,罗蒙给附近的农场主养猪喂马,勉强可以糊口。现在,他进了监狱,玛丽-奈热几乎难以为继。但黄昏时走过两片属于他们的土地,她看到生的希望变得清晰起来。她可以靠马蹄形地里种的庄稼为生,把更大那块地里种的蔬果拿到集市上去买。不过,土地被原来养的牲畜踩得沟沟壑壑,她必须先学会怎么把地填平整。于是,她耙开土,把粪便、烂菜叶和灰末埋进去,拉着马车去马瑟兰屠宰场,运回动物内脏和尸体的杂碎残余,它们是田里的黄金肥料。为了使土地更黑更肥沃,她在种过白菜的畦里撒上烟囱里的黑灰,拖着氨水和石灰,浇在黏土似的土壤上,用牛粪治理沙地,用马粪改善粉状的土壤。这些方法中,有的是她以前知道的,剩下的是从一本书里学的。这本从吕西安私人图书馆借的专著,介绍了怎么把古战场翻新成农田的方法。这令她想起另一本书,书里,高乃利于斯努力不懈地想种出完美的黑郁金香。

她捆好野草,放在大一点的那块地旁,任它们风干。一星期后,把它们扔进火堆。呛人的烟味飘入山下吕西安的家,钻进他的工作室,于是,他走到窗前,望见远处玛丽-奈热的身影映在烟雾和火苗中。她不用手撒,而用脚把种子踩进地里。在吕西安那本军事著述里,这叫作充填术。她砍了树,只留下几棵围栏边的果树。在新菜园,她把白棉花摆在苗床旁,驱赶麻雀；切开蚯蚓，浸在马钱子里，然后把它们悄悄塞进鼹鼠洞。她照顾幼苗温和轻柔，对付虫害心狠手辣。她掘开湿润的土壤，双手捧着一束新苗放进土里，仿佛送一只坠地的鸟儿回巢。现在，一年四季的农事贯穿她的生活，二月到四月，种洋葱和西芹，五月到七月，种葱韭和卷心菜。

她老了。结婚时还哭哭啼啼，婚礼当晚，看到新婚的丈夫企图在夜里杀人。这个男人从小目睹了农场上残酷的自我保护法则，在其耳濡目染下长大。可他们所处的世界更加严酷。现在，罗蒙因在钟楼底下的方地上打人，被关进监狱。妒火中烧的他差点要了那人的命。七个大汉上前才制止住，像把他当成一头牡鹿。当他高高在上、俯看夹在木匠群中的妻子时，并不知道她怀孕了。

玛丽-奈热每星期去马瑟兰探监一次。在罗蒙入狱一个月后，一次回家途中，她流产了。躺在一条陌生人家的沟渠里，她失去了自己和罗蒙创造的生命。一小时后，她坐起来，身旁长着一株茂盛的野蓟，深深刺痛她的心。她把两根树枝绑成十字形，插在路边，拾起掉在地上的一切，裹在黄棉裙里带回家，葬在屋边马蹄形的那块地里。

之后她认了命。总是莫名其妙、无可奈何地把梦想寄托在农场上。梦里，总有个富有的男人，骑马穿越整个世界，奔向森林，只为呼吸暴风雨后桦树叶上潮湿的味道。

"你的黄裙子呢？"有次吕西安载她去马瑟兰时问道。她支支吾吾不肯说。不久后的一个晚上，她和吕西安聊天聊到深夜。罗蒙还关在牢里，她觉得自己的命运比骡子强不了多少。

她把一切告诉吕西安，坦承自己一贫如洗。吕西安认识到自己的大意，尽管与她住得最近，却只关心自己的生活。

他到马瑟兰，用部分现金和地契，从西蒙尼家族手里当场买下玛丽-奈热住的地方。一两天后，办妥一切手续，他带着文件上山去农舍找她，看见她站在井边，便喊她的名字。可她没有反应，继续盯着井里。他走上前。听见吕西安的声音，出神的玛丽-奈热犹疑了一下，然后转过身。她已听说有人买下了这间农舍。吕西安抓住她的手，她挣扎后退，但他不放。就这样拉她往农舍走去。这是罗蒙要求和她做爱时的举动。她为自己和她的朋友感到尴尬，心跳加速。

他让她坐在蓝色的桌旁。若干年后，他从小屋里拿走了这张桌子，把它当作生命里最珍贵的财产。玛丽-奈热坐在他右边，他在两人面前展开卖地的收据，把所有条款复述并解释给她听。当她注意到自己的名字时，感到的不仅仅是震惊。一生中，从来没有人给过她什么，哪怕是一丁点的施舍。

过了几分钟，文件只读了一半，她如释重负。吕西安立刻感觉到了。

怎么了？他问。她摇摇头，继续阅读面前的纸。虽然没有一声喘息或一个动作，但熟知她性格的吕西安看得出那份突然的放松。怎么了？他又问。

她看着他，面露微笑。没什么，她说。

她愿意接受这份馈赠，并不是因为被吕西安的慷慨和礼物本身打动，而是因为她领悟到一些事。他们是多年的伙伴。并排坐在桌旁时，只有她明白，为什么她会自动知道该选择两张椅子中的哪一张。因为这样，他未受伤的那只眼睛能够挨着她，两人可以一起阅读同一页纸，而另一只眼——完全看不见两人命运之间的差距——被远远置于这份亲密之外。

她为两人做了一顿麻雀大餐。为了找出一点可称赞的地方，他夸起井水的清洌，使她忍不住发笑。他总是太害羞，缺乏自信，不肯谈自己的作品。他们讨论玛丽-奈热的种地计划。那晚，他回到家，从书房架子上抽出那本军事小册子。由于有了土地，他能感觉出玛丽-奈热对农场前景的兴奋和激动。吃饭中间，他甚至说出玛丽-奈热脑中曾一闪而过的念头——现在，她加入了黑郁金香培育者的行列。她点点头。他们是那样心意相通。

虽然那晚玛丽-奈热说的比他多得多，可基本上她对他的事了然于心。他的知名度，他的两个女儿和妻子。后来，当他站起身准备离开前，她要求他重新坐下，告诉了他流产的事。这是一个怎样的打击，她无法承受。她承受不了。

屋里，一束光照在蓝色的桌子上。他摊开手，去握她纤细的手指，指间什么也没有。

思 考

无论和吕西安走得多近,她内心从未想过两人间会燃起肉体的激情。婚礼上与他嬉闹共舞,只像是个书挡,表示他们青春的结束。他们在谷仓前的空地上,跟吕西安的母亲学华尔兹舞步。她说,如果他们正在阅读巴黎和枫丹白露的故事,就需要实践一下他们的社交技能。要成为一名火枪手,有三个必须训练的方面,骑术、剑术和跳舞。吕西安从版画里找到证据支持他对跳舞的解释,那是一种手推舞伴肩膀、直到两人都走到房间最远一角的活动。而女孩认为,跳舞只意味着在一定时间里,沉醉在音乐的魔法中。吕西安的母亲需要给他俩上上课。

两人之间仍保持着一定距离。尽管毗邻而居,但各有各的生活和信仰。玛丽-奈热重忆起恶狗袭击他的那次意外,觉得他天生有一部分视觉失明。例如,像他这么敏锐细腻的一个人,竟不了解自己妻子的真实个性,把婚姻里的错误都归咎于自己。他的善良使他变成一个不切实际的梦想家,对世界上错综纷繁的不公浑然不觉,所以,他的慷慨只普照到很小范围,从未真正直面过现实的真相。

玛丽-奈热对外面的世界知之甚少,可能比吕西安知道的更少。她的生活局限在家中一隅。每天晚上,她坐在厨房里,然后躺到布帘后的床上睡觉。她无法给狱中的罗蒙写信,倾诉自己对他的爱和苦苦的思念,因为他不识字。要是自己能像吕西安的母亲教她那样,也教罗蒙认字的话,这样他就不会那么孤独。可每次收工回家,他总是累得筋疲力尽。夜幕降临,她在谷仓旁积雨水的木桶边洗澡,然后提着油灯走回农舍。她拿起一本书,可一坐下来,就在椅子里睡着了。虽然每晚都尝试,但她一直没习惯在室内的光线下读书。舒服地坐在软椅里,手捧一本书,这已经是一种享受。良久,待油灯熄灭,她睁开眼。可能是灯芯烧尽时冒出的烟味把她弄醒了。她站起来,差不多恢复清楚的神志,摸黑向床走去。

战　争

由于一只眼睛失明，吕西安·塞古拉没有参加战争。但他志愿入伍，在比利时边境的战场研究疾病和创伤。他翻译了有关新恢复疗法的德语文章，带着这些论文和报告奔赴前线，但那些劳累过度的年轻医生并不理会他。炮火和饥馑，还有更重要的，恐惧，击溃了军队，令他们陷入混乱。他们需要些别的，而不是被人当作研究对象。他一边递交报告，一边在医院的帐篷里工作。不到一个月，他完全变了样，汇入大批的士兵和看护中，成为默默无闻的一员。他满脸憔悴，山羊胡变得粗硬起来。继续寄往巴黎的公文中，流露出焦虑和怒火，因为人们几乎看也不看，就把它们塞进了档案。

第二年，他染上白喉，先是发低烧，然后吞咽变得困难。两天后，吕西安几乎说不出话，连很轻的喃喃声也发不出，味觉也麻木了。喉部组织肿胀起来，他费力地呼吸每一口气。在营地医院的帐篷里，他看到别人的嘴和鼻子在流血，猜测这也是自己的写照。吕西安原本是个消极宿命的人；现在，他用尽一切力量来克服这折磨人的病痛，保持清醒的头脑。他知道，这种病发病初期的十二天是最难熬和危险的，也清楚还有别的疾病在营中流行，所以他坚持睡在露天，爬到室外躲避病房里浑浊的空气。躺在那些奄奄一息的伤患中间，得不到一点清静。他需要独处的空间，来保持体力和意志。他只喝保证煮沸过的液体，拒绝饮用任何来历不明的水。

部队给他妻子写信，告知他生命垂危。她赶到艾培涅的疗养院，在众人中差点认不出他。他能够开口说话后，妻子发现，自己无法理解他的思维，以及他对政治世界的厌恶和怨恨。他要求妻子离开，让他和他的"同伴"在一起，然而实际上，他根本是独自一人，在强烈的求生欲望下，把自己当作研究对象，留意病情的变化。

十二天后，他和其他仍活着的人被安排单独住在帐篷里，洗澡并自己做饭。他们依旧有毒，仍携带着"喉咙里的瘟疫"，一种可能让他们窒息的白色薄膜。西班牙人把它称作哮吼——一六一三年是"哮吼年"。倒在帐篷里泥泞的地上，他觉得自己对白喉的认识比任何人都多，为此感到骄傲自得。十七世纪七十年代，列文虎克在显微镜下观察到白喉细菌，"像尖尖的长矛插入水中那样钻进唾沫"。一位诗人老兄。美洲殖民者把这种病视作"犯下离奇罪行的恶果"，是上帝消灭罪恶、净化新世界的手段。在白喉摧毁拿破仑军队前，所有对它的看法都停留在中世纪。拿破仑不得不拨出一万两千法郎，奖励为预防这种疾病做出最显著成绩的研究。结果，布雷托诺写了一篇论文，虽然他在喉咙里找到的薄膜并不正确，但那篇文章不失为临床医学的经典之作。接着是亚格斯汀·巴谢，他在蚕虫身上研究这种疾病，建立了寄生微生物学说。但一九一七年，在比利时边境的疗养院里，依然没有药可以治愈白喉，只能祈祷。

吕西安·塞古拉一息尚存。他无力地躺在狭窄的行军床上，从神志不清到无法动弹，看到的只有自己的手背，或某本爱情小说的封面，那通常是帐篷外的士兵留下的，写得惨不忍睹。一天下午，终于有人放了一本巴尔扎克的《朱安党人》，是本"爱情和冒险"小说。在头晕目眩的高烧中，吕西安一天能囫囵吞枣读完一卷。

在艾培涅隔离独居的日子，使他逐渐从日常生活里解脱出来。眼前所见只是通过掀开的帐篷帘子看到的世界。有次，他无意中听到一种奇怪的沙沙声，满心疑惑，不知外面发生了什么。后来才发现，是个军官试图折起一张巨幅的地形图。声音，进而从声音想象视线不及之处所发生的事，这对他来说变得重要起来……在马瑟兰，他躺在一张长沙发上，听乌鸦慢慢飞近，停在杨树上嘎嘎斗嘴。他想起玛丽-奈热的马车发出的熟悉的马蹄声，想起露天淋浴处水喷到地上的沙沙声，时而因走进一个人而减弱。他听得出帐篷里手术刀放回橡胶板上的声音。相隔三间帐篷，有个垂死的男人在咳嗽。吕西安能听出声音里隐藏的恐惧。这些声音地图，教会他定位远近，区别踩在泥地和尘土上的脚步，分辨说话声是朝他走来，还是离他远去。

他在帐篷里弓着身，继续写报告。靠着仅余的一点体力，回想起少年和似懂非懂的成人期，反思可能改变他一生的点点滴滴，那样，现在的他或许就不在这片阴霾的天空下了。他好像第一次手握一面镜子，看见记忆中模糊的影像。《红与黑》里，瑞纳夫人每晚的偷情，是让他受教？还是欺骗了他？他和一个瘦骨嶙峋的作家跳舞。那条狗。不曾关上的过去。被忽略的人生，突然闯入这间晦暗的帆布帐篷，里面仍布满死亡的阴影。此时是十一月，每天晚上，许多人在连绵的大雨中死去。他保存了一只用过的手电筒，除非遇到紧急情况，否则不愿把电池浪费在黑暗里。他明白，对自己来说，这是一件生死攸关的事。

奇怪的是，他想念的不是家人，而是玛丽-奈热。自他结婚以来，两人很少说话。连续几个晚上，他的思绪兴奋自由地围绕着玛丽-奈热翻飞。从唤起的回忆片段里，努力让自己再慢慢回到当时的情景下。他看见她放下手中的针线活，站起身，弯着腰，左手塞进另一只衣袖里，揉捏那里的肌肉。身为男人，如果再随意大方一点，他会走到房间那头，帮她按摩僵硬的手臂。他对玛丽-奈热存有一种姐弟之情，他开始挑选这方面的证据。本来右转的地方，现在向左，和她一起走进房间，或在下雨时帮她收下一捆捆洗好的衣服——他们冲进屋里，手里抱满东西，衬衫上溅了雨点，不，是湿透了。她从篮里拿起一条毛巾，擦干吕西安的头发。他一边把头俯向她，一边用手掌撑在她单薄的肩上，察觉到她瘦得皮包骨头。

在十一月的艾培涅，给他温暖的，只有玛丽-奈热的肩膀。蔓延的思绪把这对肩膀点燃成一个取暖器。在过去绝大部分的人生里，他是个神秘莫测的男人，现在，这些隐藏的秘密，令他措手不及。

休　假

他得到十天假期，启程回家。正值仲夏，八月的暴风雨每晚来袭，或面临风雨的威胁。有时电闪雷鸣，却不下雨。他脑海中不受约束的思维和情感，像突然划过天空的闪电，任意唐突。午夜已过，他辗转难眠，走到河边的田野里。妻子和女儿正在屋里熟睡。在家住了三四天，他仍不习惯那种安静，不习惯在进入梦乡甚至做噩梦时，房间里突然亮起灯。远离战争的失落，像一条结冰的河，包围着他。只有在回忆里找得到安全感，那里总有玛丽-奈热的身影，或站在菜园对称的田垄里，或从河边推着装满湿衣服的独轮车回家。

回到故乡那天，玛丽-奈热伸手去摸他的胡子，这种迎接方式和她手上沾的泥土味道，最令吕西安感动。在某种意义上，他要感谢她，在艾培涅的那些日日夜夜，是她救了他。但他不敢太冒失，担心把自己患白喉期间对玛丽-奈热不可思议的迷恋表现得太露骨。

他坐在书桌旁整理报告，把一切感情埋在心底。他去了马瑟兰两次，小镇被毁于一旦，差不多所有男人都在与德国的战争中牺牲了，那儿变成一座寡妇村。玛丽-奈热说，罗蒙获释了，但当兵上了战场。吕西安好奇，他们向这位老邻居灌输的究竟是为何而战呢。

凌晨一两点，依旧无法入睡的他，穿戴整齐，向屋外的小河走去。他离开小径，没入茂密的荒草地。一群昆虫窜出来绕在他身边飞舞。凭虫声，人们便能判断出他在哪里。

又一个夜晚。他在床上听见打雷，不远不近，竖起耳朵，等待雨声，可是雨没有下。他带着失望入睡。后来，雷声再起，像愤怒、冰冷的击掌声，他醒来，重燃起对下雨的期待。

另一个夜晚。

他脱去上衣，被蝉和蚱蜢的叫声包围。一盏油灯，发出赭色的光，穿过树林向他走来，像大海上一艘点了灯的船。等她走到他面前时，两人安静地伫立不动，仿佛有意等待从犹豫中发出一点声响或暗示。接着，虫儿像尘土般再度飞起，唧唧的鸣叫和扑扑的拍翅声打破沉寂。比邻而居这么多年，即使在这里，在这一刻，他们也没有专属的私人空间，身陷不眠不休的大自然里。在高不可攀的新枝头，停着一只嘲鸫（此后，他没再见过这只鸟），忧伤地不肯离去。

她垂在衣裙旁的手上，提着油灯。他们不说话，仿佛知道黑夜也是会流动的液体，说出的每个词会随波漂到屋子里。他拉起她的手，向河边走去。她把油灯拧暗，只留下足够的光线，让他们从水里上来时能找回到此处。然后，她避开油灯的火光，脱下衣服，踏入水里。他听见她涉水的脚步声。几分钟后，两人面对面。他交叠的双手在水下碰到她的身体，往后退缩。她分不清，那是出于礼貌还是害羞，吕西安望着一望无际的天空，没有一颗星星。他向黑暗深处走去。长大以后，他没有在夜晚的河里游过泳。这唤起他体内那个十六岁时的吕西安。过了一会儿，他发现，她不见了。

玛丽-奈热坐在河滩上，身旁的灯光，照出灰色的轮廓。她把灯提到头顶，喊他的名字。他应声说是。她转过身，见他一步步朝灯光里走来，瘦削的身上，能看到一道道肋骨。她把

· 233 ·

灯放在草地上，拿起自己的棉裙，擦干头发，使它们不再贴在脸上。接着，她走近他，用这条裙子揉搓起他的头发。此时，他们像在房间里或隔着桌子时那样，没有一点陌生感。他跪在她身后，通过缓慢的摇摆，把她的大腿拉向自己的身体，仿佛要让她来找自己。她滚烫的私处与底下他冰冷的那活儿，彼此渴望。她又叫了声他的名字，他进入她柔软温暖的神秘之处。

在多少读过的故事里，他们发现爱情的终极密码，出于羞涩不敢提起。他几乎没怎么碰过她——只有一次，他窝起手搭在她肩上；从他眼里拔出玻璃碎片那刹，他用力抓她手；隔着桌子，握住她的小手。他们仿佛都明白这是怎么一回事，多少次站在门口的相互对望，她羞怯小心地收藏起这些秘密，不让别人知道。唯一的目击者是草地上一盏油灯。她往后坐在他腿上，掌握主动，令他放慢动作，感受贴得更近的亲密。他用手搂住她颤抖的腹部，得到一种同样的快感。雷声徒然的轰鸣，鸟儿模仿他们发出的声音，成千上万只昆虫无所顾忌地吵吵嚷嚷，他们对周遭一切充耳不闻，只听见两人的呼吸，仿佛要在彼此怀里死去。

还 乡

战争最后一年，吕西安没有留下什么记录。他重新回到部队和战地医院，成为其中无名的一员。最后几个月，他驻扎在贡比埃涅附近，收到一封她写的信。天知道，她可能写了多少封信？但他认为，这该是自假期见面后她写的第一封信。信里写了有关罗蒙的事，讲她最近遇到罗蒙，欣然发现他们没有彼此疏远，能够轻松交谈，这令她宽慰。罗蒙仍壮得像头熊，想到他被关在和监狱无异的兵营里，她心里很难过。

出于某种原因，吕西安没有给她回信。也许在帮那些士兵给妻子或恋人写信时，他已经用尽了所有能想到的词句，许许多多情话的堆叠，消耗了他笔端全部的真情实感。他不再相信语言。只给妻子寄去只字片语，报告前线的士气和随着战争平息后可能出现的危险。

他自己的家人和妻子的亲戚暂时住在巴黎近郊，传闻马瑟兰一带的乡村疾病流行，很不安全。现在，那儿还有雇佣兵，有逃兵在农场打家劫舍。战争使一切秩序荡然无存。在城镇和乡村，因贫困和物资缺乏引起的暴力事件不断发生。吕西安不知道家人们在巴黎近郊的生活怎样。但在贡比埃涅，他记录下自己每天的见闻，到处是死亡，乃至自杀。神甫们记不起最近一次为谁主持了葬礼。他觉得有责任为濒死的陌生人祈祷，但他们抬头看他的眼神里，充满嫌恶。他忙得没时间去想玛丽-奈热。上次休假回家前，他经历、并再度经历了那么多和他们一样的遭遇。现在，他必须对发生的事提高警惕，保护自己。

有一晚，一个人企图杀他。他被勒醒，发现竟不是敌方的人。

战争结束前几天，士兵们分到火车票，但附带提醒，所有交通都非常迟缓。回家的旅程可能需要几个星期。他看了一张地图，发现能骑马回马瑟兰，去看看那里的房子是否安好；然后乘火车，到巴黎和家人会合。他四处寻找能买到的马，想方设法尽早离开前线战区。最后，他换到一匹大概能撑得住一天行程的马，后面的路，可能需要另买一匹。他捆扎好全部文档，丢下其他东西，诸如医学文章、衣服和用到最后一刻的生活用品。马瑟兰的房子里有衣服，他可以在那儿沐浴剃须，然后去巴黎。

在蒙塔尔纪，他按计划换了一匹马。如果运气好，只需再走三天，在第三天或第四天深夜，就能到马瑟兰。

一路上，天气晴朗，但寒冷刺骨。他穿的衣服不足以保暖。在一座废弃的农场，他找到几卷粗麻布，经过剪裁，做了一件斗篷。羸弱的马儿走得比预计慢。他发觉自己丧失了判断力。第二天下午晚些时候，他迷迷糊糊睡着了，醒来时分不清自己身处何地。他在一个河谷里迷了路，兜了两个小时。他发现突然骑入一片洋葱地，于是用手挖了一些，吃掉一个，把其余的储放在驮篮里。

在菲杰雅克，一位农民卖给他一碗牛奶，他一股脑儿喝下。事实上，他在途中没见过一个人。有个人怀抱一只狗，骑马从他身旁经过，走了另一条道。那人什么话也没说，连看都没看他一眼。他一定也是被强盗吓怕了。吕西安意识到，自己应该等部队的火车的。

下一个晚上，气温更低。吕西安像得了白喉似的浑身颤栗。他盯着自己呼出的白气，让自己相信他还活着。他以为这会是今生最后见到的东西。他在无垠的黑暗中醒来，划燃一根火柴看时间，并检查自己的呼吸是否还在。马儿立在离他不远处，没有走开。天开始下雨，他放弃了努力，不确定自己是睡着了，还是昏了过去。

早晨醒来，冰冷的地面冻僵了他的身体。他差点站不起来，转过头，看见马在安静地吃草。它缓缓抬起头，把目光投向他。他花了一个多小时才走到马旁边，然后登上马。这应该是旅程的第四天或第五天。怕遇上陌生人，他尽量绕开树林。可他身上有什么东西可抢的？他想到那些文档，这一惊觉，令他从迟钝中警醒过来。他不是一无所有。

抵达马瑟兰前，吕西安穿过长长的黑夜，所有店铺都关门了。他走完最后十公里路，房子里不可能有吃的，也许有些罐头或干货，但至少他可以洗个澡，睡个安稳觉。玛丽-奈热可能仍住在隔壁。他不知道罗蒙在哪里，是不是还活着，现在有没有回到家。他跨下放慢脚步的马，走在旁边，需要让僵硬的身体产生点能量和热度。斗篷吸饱了空气里的水。他觉得自己神志恍惚，一会儿以为母亲会出来迎接他，等想起母亲已经过世，又开始相信她会像个静悄悄的幽灵那样欢迎他。她会招呼他，给他做饭，为他铺床。生起一堆火。

他在一片漆黑中走上通往农舍的路。夜空中，月亮和星星都隐没不见，连一点烛光也没有。他松开马，立在原地，然后踏上走廊，找到进屋的路。房间很快因为光亮而苏醒过来。他从一间房走到另一间，大声自言自语，时不时喊出一个名字。他脱下潮湿的斗篷，望着大厅镜子中的自己。他好久没有看过自己的模样了。身上穿的衣服过于宽大。向窗外眺望，附近没有一丝灯火。他们也都搬走了。黑黝黝的山顶，本应点着一盏煤油灯或一支蜡烛。

他走出房屋，在夜幕下把马牵到马厩，给它喂草。回到屋里，他闻到一股烟味，大概是被风从相隔十几片田野外的远方吹来的。如果下雨，雨会压住烟势，把一缕烟味留在草地里。可他要弄清的是，隔壁到底有没有人住。无论在村里还是一路奔波的数天中，他一个活人也没见到，这就是他回家的情景。连母亲的幽灵也没碰上。他任屋里点着灯，走上黑乎乎的山坡。

车和马都不在畜栏里。他敲敲农舍的门，等了一会儿，拉开门闩，慢慢朝屋里走去，大腿撞到桌子。他知道这张桌子，记得阳光下它残旧的蓝色，小时候，他经常坐在桌旁玩扑克、聊天。

吕西安想不出他们去了哪里，大喊两人的名字，先叫罗蒙，然后叫她。在过去的交谈中，他很少直呼她的名字，包括她简单可爱的小名，总觉得对他俩而言，这样显得过于拘谨。他觉得听见猫的声音，于是走到放蜡烛的柜子前，用手在架子上来回摸索。他点起一支蜡烛，火光在墙上画出一个弧形。又是一声猫叫。他拿着蜡烛，掀开卧室的帘子。她仰面躺在床上，像具僵尸，身上盖了一块黑毯子，头左右摇摆。他看出她在抽搐，猫样的声音是她发出的。农舍里只有她一人，又黑又冷。可当他用手抚摸她的前额时，上面滑溜溜的，她出了好多汗，一边发烧，一边打寒战。玛丽-奈热？他轻声喊她的名字，似乎既怕打扰她，又想小心翼翼把她唤醒，既不令她受到惊吓或迷惑，又让她知道自己回来了。

罗蒙在哪里？

她嘴唇唯一能做的动作似乎只剩吐气。当他弯腰凑近时，看见她眼睛不停瞟向一旁，像是在指什么——他身后房间里的某样东西。

来农舍途中，他想起在战争的最后几个月里，她一直在他心中，他有多少当时的见闻要与她分享。他要重回到她的世界。如果只有他俩，他们可能会躺在一张床上共眠。但眼前的现实把另一条路摆在他脚下。他需照料发高烧的她。他开始讲述自己孤零零躺在帐篷里，病得神志不清，靠回忆与她的往事才活了下来。一时间，玛丽-奈热眼神呆滞，然后身体剧烈地抽动起来，一会儿从枕上抬起头，一会儿跌下，呼吸艰难，来回两次，整个人虚脱无力。在贡比埃涅，他见过马因为缺钙，产生这样"撞击"性的痉挛。

我救了你？她问，声音低得几乎听不见，像是自言自语，仿佛眼前的他并不存在，只是自己的想象。

是的。似乎只有你到冰冷的帐篷里来看过我。

他把手中的蜡烛放到地上，伸出手掌，按在她额头。依旧黏黏的，头发全湿了。他用僵直的手指轻轻梳理她的发丝，这是他热恋中做的一个动作，感到这能令她觉得舒服一点，于是不停地重复了一遍又一遍。

大部分烛光照在低矮的房顶上，他们只能看到彼此灰蒙蒙的轮廓。她的脸颊上偶尔泛现一点闪光。她又要开始抽搐，于是，他按住她的肩。她猛地弹起身，旋即倒下，像教堂祈祷室里的石像。她一定预感到死神的威力，灵魂飘向别处。他觉得自己失去了她。他把蜡烛留在床边地上，走回厨房，又点燃一支。"她和我们在一起。"母亲在他耳边说话。

他打开炉灶的铁门，撕了一些旧纸板，放进去引火。墙边有堆木头，上面结满了蜘蛛网。他点起火。她的丈夫去了哪里？看上去，这间房子被弃置了有一段时间，墙上的石头和地面积滞了年深日久的冷意。木头烧起来，发出噼啪的爆裂声，惊醒了她。他听见她说，罗蒙？他回到床边，用毯子擦干她的脸。"是我，吕西安。让我给你换一下床单，它和你一样，都湿透了。""不要紧。"她说。他在柜子里找出一条法兰绒床单，相当眼熟，一定是他母亲以前给她的。他把床单铺在火炉前的一把椅子上。

他打开一罐罐头汤，放在炉子上加热，然后拿起烘暖的床单向她走去。当他拉开粗糙的毯子时，她的胸口像被移去了重负，上下起伏。她昂起头，伴着一阵阵抽搐，咳嗽不止。赤裸的身体蜷缩得像一枚发夹，几乎要被折成两半。她躺下身，两侧的肋骨阴影，令他心痛，瘦弱的身体苍白得像被烛光照亮的房顶。他用暖和的床单把她裹住，再盖上薄毯，接着把汤端到床边，一勺一勺喂进她嘴里。她贪婪地喝着。

罗蒙。

不，我是吕西安。

是吕西安。她慢慢重复，像是在疑惑地调换舞伴。

对，他肯定道。罗蒙在哪里？话一出口，他发现她又不理他了，心神转移到周围的影子上。

他一定是坐在椅子上睡着了,睁开眼时,已看不到她,只记得有只手搭在他肩上。摇曳的烛光中,他看见她的脸靠在枕上,眼睛盯着他,像要说什么。你,我的朋友,一定要带我到屋外去。明白吗?她又闭上双眼,仿佛透过厚玻璃在对他大声呼喊。他不明白。但她继续发出别的求助请求。你能……突然,他明白了。他是个笨蛋。他裹紧她身上的毯子,抱起她,穿过房间,打开门,走到冰冷的夜空下,身边没带一支蜡烛,但他知道哪儿有——在那间正屋外的小棚子里。"谢谢,"她说,"谢谢你,罗蒙。"

在棚屋的小房间里,他掀掉毯子,让她可以坐下来。然后自己坐在她身旁,扶住她。过了一分钟,她用手肘轻轻推他。没事吧?她点点头,露出似笑非笑的表情。接着,他又抱起脆弱得像一根枯枝的她,走回农舍,把她放到床上。她已经睡着了,一脸安详;他拉起帘子,以免日光把她照醒。

早晨,他醒来,头靠在厨房的桌子上,眼前一片蓝——那斑驳脱落的蓝色,记录了他们所有人的故事。他从最深沉的睡梦中猛然惊醒,想起自己身在何处。

他坐在椅子上,阳光从东面窗户射进屋里,照出一地尘埃。他看到火炉,走上前去,试探地摸了摸,但是冷冰冰的。炉上放着一口锅,里面的食物已结成块。他一动不动站在那儿,房子,空气,静得让他感觉不到自己的存在。没有一点声音。他低头看自己的脚,然后把手抬到眼前,确信自己还好好活着。

他想听到的只是一声咳嗽,或床垫弹簧的一记嘎吱声。他往前走,望着把房间一分为二的帘子,树林与河流的图案褪色殆尽。此刻,他像走进了另一重时空,屏息凝神,拉开布帘,什么也没有。

诀别吧

他走到马瑟兰镇上,从警察局得知,自己在邻居家热汤、忙里忙外的一切只是记忆的碎片或心头闪过的一道光。玛丽-奈热于战争结束前几个月已经去世。监狱里没有再找到有关罗蒙的记录。他应征入伍,即使还活着,也没人确定他是不是回来了。吕西安独自走回农舍。生命中第一次,只剩他一个人,没有一个邻居。附近的人家都搬空了。那晚,他睡在以前她和罗蒙的卧室里,坐在他们的桌旁。他把马骑到马瑟兰,送了人,然后搭火车去巴黎,接家人回家。

吕西安·塞古拉根据自己在军营和战地医院度过的时光写了一部纪实作品,揭露他在当地的所见所闻。人们读了第一章,就把书束之高阁。几乎没人读他这本书。他的经历遭到质疑。这个以优美细腻的诗歌而著称的作家,怎么会写出如此赤裸、冷酷、充满仇恨的作品?这激怒了巴黎的文学界。他们希望再次读到薄薄的一卷卷诗歌。可他明白,诗会夺去他的全部。

罗蒙没有回来。吕西安把书房从继父的工作室搬到罗蒙的农舍。他重新提笔创作,一边写,一边等她。经常是在一本书写到中途,地点和情节早已确定后,她出现了。有时以情人的面目,有时以姐姐的身份,走进故事里,与他朝夕相伴,时而是法庭上的盟友,时而是暗中救助英雄的乡村少女,时而是失散的孪生子,时而是男主角爱上的女吟游诗人,把自己伪装成卖唱艺人,抢劫波尔多豪华的庄园。在一本书里,玛丽-奈热指引一位盲父走出一座陌生的城市。

这些小说里常常描写一种压抑的爱或暗恋。但就大部分而言，吕西安都给读者一个大团圆的结局。他把写完的故事寄到图卢兹一家小出版社，小说的畅销给出版商带来稳定的收益。随着这些故事的印刷发行，里面的主人公大受欢迎，尤其是因为没人知道这位作者"加隆河"究竟是谁。吕西安秘密写了这些小说，就像小时候梦想自己隐没在灌木丛、野草与河流的包围中，它们是自己真正的密友。这些书既不像出自一位备受尊敬的诗人之手，也不会让人想到是那位写了一部血泪长篇、控诉刚发生却已被遗忘的战争的作者所作。

这一系列冒险故事里的那个英雄，有时木讷迟钝，有时交友广泛，有时谨慎细心，有时鲁莽冲动。在把长剑刺入恶棍的心脏前，他会扔下一句话："诀别吧。"读者每看见这句"该说再见了"，就知道下一段里必有人会死。它是乐曲终章前的信号。如某一本结尾，"罗蒙"在法兰西学院杀死古伊斯派勒伯爵，把写有杀人动机的布告钉在森严的橡木门上，然后从二楼跃上等候的马车，车上装着干草，驾车的可能是玛蒂尔德、梅里坎特或玛丽-奈热。

主人公罗蒙的性格反复无常，与恋人相处时诙谐幽默，面对敌人时阴郁愠怒，可有时也会颠倒过来，对敌人机智风趣，对恋人阴沉不悦。作者本人似乎并没有彻底理解这个人物，因此没人能认清他，包括他的同伙们。一个世纪后，他也许会被认为患了躁郁症，或叫两极情绪失调。但在当时的法国，他过得好好的。他时常情绪低落或脾气暴躁。他不把忿怒表露出来，反而在死于他剑下的人面前频频掩饰（有人认为这么做不公平），因此，他们毫不察觉自己受到追捕。在一本书最后的三分之一里，一名富甲天下的恶徒倒台，他的盟友纷纷倒戈，帕斯林的故事并没交代他招致不满的恶行——比如，可能在不当的时机行使初夜权，或驱赶一户生病的人家，或与里昂的出版商密谋金融骗局，搞得所有人破产，自己从中获利。出于无声的愤怒，罗蒙复仇的最后一举是把罗列恶人罪行的公告贴在附近。每次历险都以罗蒙与玛丽-奈热及助手雅克（后来对他着墨更多）策马离去而结束，他们是每本书的核心三人组。

《加尔唐普河里的狗》与《黄裙子》席卷法国。同时，没人把吕西安·塞古拉与罗蒙系列的作者联系起来，连他的家人也蒙在鼓里。这个大获成功的婊子，似乎深谙出版之道，迎合许多业内人士的喜好。剑侠罗蒙在激战中高声引用的，不外乎魏尔伦或皮埃尔·勒卡哈的诗句，有时滑稽搞笑，但大抵是带着对诗句含义的认同。有本书里，罗蒙信步路过慕尼黑一间著名的画廊，哼唱起《唐璜》里的《为了她的宁静》，用手指轻抚富有质感的画作。因此，人们一边阅读他挥剑惩恶的侠义和罗曼蒂克的爱情，一边吸收其他一切。罗蒙对艺术和诗歌的迷恋令人难以置信，也许与他的目不识丁有关。他吟唱或背诵的诗句，是那个看上去一文不值的同伴"独眼雅克"教他的。他是个自由主义者和社会主义者。玛丽-奈热不在跟前时，由他为罗蒙包扎手臂上的伤口。他也是个易容高手：有时扮成傻里傻气的"皇太子"，潜入敌人的宫殿；有时假装有钱的伯爵夫人。在许多集故事里，雅克和罗蒙坐在篝火边，深入探讨贫穷、国外的战争、戈雅的黑色绘画、乱伦、买卖小孩、巴尔扎克的伏脱冷以及巴黎银行业等话题。他们的历险总是伴随当前时事一块进行。

故事发展到最后一集,玛丽-奈热死于一场瘟疫。当时,罗蒙正出发前往布列塔尼,只有雅克陪她度过了生命的最后时光。他发现她孤零零躺在农舍,发着高烧,慢慢陷入神志不清,呼吸也变得异常困难。可在最后几个小时里,她不停问起罗蒙,轻声请求老朋友雅克一定要帮她带信给罗蒙,雅克除了撒谎,别无选择。他悉心照料她,给她更换因发烧出汗而湿透的床单,喂她吃东西。在最后时刻,趁她迷迷糊糊入睡,他脱去衣服,从柜子里拿出罗蒙的衣服穿上,剪短长发,并把它染黑,扮作玛丽-奈热的情人的模样,吵吵闹闹走进房间,叫醒她,模仿罗蒙的声音说话。朦胧的视线中,她看见了他。她示意他躺在自己身边。这个颓废的老友,比任何人都了解和深爱着他俩。他钻进这位乡村女王的被窝里,这么多年来,他与她四处游历,一起出谋划策。例如在《马背上的女孩》和《巴布提斯的呼吸》等早期作品里,历险途中,他们在阿尔代什或卢瓦尔扎营,他睡在营地一边,罗蒙和玛丽-奈热睡在另一边。

此刻,她对他轻声低语,一边抚摸他的头发,一边凝视他憔悴关切的脸庞,在若明若暗的光线下,她觉得简直像是见到了圣母马利亚。他也对她轻声耳语,唤起她对过去的回忆。阳光灿烂的午后,他们与雅克穿过一片橡木林,树枝如雨点般啪嗒啪嗒作响,他们在河里游泳,他对她深挚的爱……就这样,他陪伴她进入最后的沉睡。他亲吻她的嘴,在那漆黑的夜里,与她并排躺在床上,直到第一束曙光照进屋子,他又能看清她。她僵如雕像,折磨她的高烧已离开她的灵魂。嘴唇上有道干枯的白痕,他以前没有注意到。他等待更多的阳光洒满房间，掰开她的嘴，看到舌头上有点点白色的溃烂。白喉席卷了该村，许多小孩和照顾他们的大人染病而死。当罗蒙从布列塔尼历险归来、回到农舍时，面对的事实是，这种疾病夺走了他生命中两个最亲爱的人。不是因为战争、危机，不是因为贪婪、权势，不是那些腐蚀人心的东西，而是喉咙里这小小的致命薄膜。

罗蒙系列的结局令读者惊骇，罗蒙的最终去向成为一个谜。翻到《白》的最后一页，罗蒙从那儿消失。马瑟兰村旁，坐在邻居桌前的吕西安，停住了笔。一共七卷的罗蒙历险系列画上句点。吕西安把他认识和铭记的有关玛丽-奈热的一切，都写进了这些故事里。她推独轮车的声音，她怎么生火，打哈欠的瞬间，她讲述沟渠里那株野蓟时的语气。现在，她与他合为一体。

他分出一部分钱，存进一个新账户，收拾了几本笔记本，登上一辆马车，不知所终。口袋里几乎没有带一粒芥菜籽。马车与以前母亲去维克费赞萨克斗牛会寻找出走的父亲时所乘的那辆非常相似。他不再提笔写书了。

半年后，在德缪，他用其中一本笔记本，记录和一个叫拉斐尔的男孩打扑克的得分。在柏克莱的班克劳福特图书馆档案室里，共有三本笔记本（其中一本是空白的）。里面画着一些稚气的地图，标明他在新菜园里所种的每种蔬菜的位置。"你种地吗？"算命师问过他。还有一幅按比例绘制的房屋和地产图，上面标出了小湖和林荫大道。还有一张插图，讲解怎么剥去玉米的部分外壳，做成昆虫窝。

一天下午，在德缪吕西安度过余生的花园里，男孩提起自己正在读罗蒙探险系列，可吕西安·塞古拉什么也没说。他只是拿起书，看看这个埃斯托尔菲的儿子用什么当书签，然后说，他听过这位写逃亡、复仇、爱情及冒险的作家，但没读过他的作品。

尼采说："我们拥有艺术，所以不会被真相击垮。"一段往事的原貌，永无终结，就像我妹妹的人生版图和我与库珀的故事，永远令我魂萦梦牵。每当午夜时分，铃声骤响，我提起话筒，听见哐哐嘟嘟声，表明这是一个来自大洋彼岸的电话。我等待克莱尔自报姓名前的深呼吸。除了照片里的样子，她也许几乎认不出我了。

每天傍晚，父亲习惯在晚饭前走一遍我们彭塔卢玛的农场，一直走到很远的山上，然后在最后一缕夕阳下，步出浓密的树荫。我们三个孩子总是留意观察他，但他一点也不知情。一天晚上，有头狐狸出现在他身后，沿着灌木丛来回跑动。父亲眼望别处，缓步走下山谷。克莱尔最先看到狐狸，用肘推推我们。那家伙步子轻快，像踩在弹簧上，对旁边的人视若无睹。父亲察觉到不对劲，停下脚步，转头看见了它。他开始小心翼翼往回走，视线一直不离开它。狐狸一蹦一跳，像在戏弄他，忽而前，忽而后，跑在另一条道上。

记忆的闸门向两边洞开，引发阵阵回响。我们环绕时间。某个时期发生的一个片断或一段插曲，像陌生人说的话，在夜里萦绕于我们脑海。一面沙沙飘动的彩旗，把我拉回彭塔卢玛突来的那场暴风雪。正如一张折叠的地图，把你放到世界的另一角落。因此，我发现库珀、妹妹，还有父亲的人生无处不在（我无时无地不在心中勾勒他们的画像）。无论身在何方，他们可能仍在牵挂我的失踪。我不知道。得不到满足的渴求，把我们拴在一起。

* * *

我看到吕西安·塞古拉与男孩拉斐尔最后一次见面的情景。据男孩回忆，老人坐在屋外刺眼的阳光下，男孩拿来一条面包。他们把它撕成碎片，就着洋葱或一些香料吃。如果口渴，吕西安就走到池塘边，用手掬起一捧水喝。这是他给我留下的印象，拉斐尔告诉我。

吕西安一定走进过地上那个曾经是池塘的大坑，坐在里面蓝色的桌旁，那是他唯一带上马车的家具。几年前在马瑟兰，他正写到一场紧张激烈的比剑，突然对纸下这张书桌的长宽涌起好奇。他用手测量，两倍手肘到指尖的距离，加上两倍手腕到指尖的距离。因此，这张桌子大概长约一米多，宽约一米。它由两块松木板拼成，中间有条细小的接缝，写作时，垫在笔记本下的桌子，总是破碎得令人看不真切。六颗钉子把木板钉在一起，油漆的颜色，伏案时高度恰好，像对着一面镜子，看到里面映出的图景。他终生的伴侣。

埃斯托尔菲的儿子走来，坐在他对面的凳子上，咧着嘴笑，带着对这个世界强烈的好奇和求知欲。也许吕西安年轻时也是那样。像一条瘦小、光溜溜的猎犬，张着嘴，急切快速地喘气，希望得到一切。即使下雨，也不能阻挡男孩的兴致。吕西安从卧室的窗口俯视，看见拉斐尔来了又走，离开前在橡树下躲了一会儿雨。他好奇地想知道，对于他们一起相处的下午，拉斐尔记住了什么。是扑克游戏，还是他自己神秘隐晦的思绪片段？或是他慈祥的神态，当阳光带着重量落在他身上时，把手遮在未受伤的眼上的动作？他会成为男孩未来的一个章节吗？

他看见拉斐尔朝自己走来，停下脚步，回望身后的花草园。别看了，到这儿来，他大声喊道。男孩回来了，坐在他对面。吕西安忆起的往事消失在他紧攥的拳头里。

后来，连这几个朋友也离开了他。

拉斐尔的父亲换回两匹马，在林荫道上按辔徐行。（实际上，拿去交换的物品是吕西安·塞古拉的一只孔雀。有个远地的农民，对此觊觎已久。然而，没人发现鸟儿不见了。它行踪诡异，可能只是循着暴风雨过后地表的暖意走开了。在这个老练的惯偷眼里，把主人和他养的鱼鸟或未被驯化的狗分开，算不上偷窃；因为即使从相隔七八座农场的远处，他们总也可能会回到主人家。）因此，拉斐尔的父亲毫无愧意地走在马儿旁，两边是密不透风的漆树林。他吹着口哨，神情与凌晨四点出发时完全不同。当时，他蹑手蹑脚把挣扎的鸟儿揣在长外套里——简直是头哺乳动物，他心想。

吕西安见他回来，身旁有两匹打盹的马，不愿追问太多。等到第二天下午，那家人坐船渡过小湖时，他问他们，这两匹新马有什么用，才得知他们准备搬到更远的北方居住一段时间。他们没有讲原因，他也没问。也许在那儿做买卖更容易，也许拉斐尔的父亲要躲避此处有关他的流言。"一段时间",恰恰说明他们离开的时间会有多长。几天后,一行人从庄园旁的小路,驶上笔直的林荫大道。年迈的作家没料到他们那么快就启程,大吃一惊。天将破晓,吕西安躺在狭窄的床上,聆听大篷车晃动时锅子发出的叮当声,低沉发闷。阿莉亚清脆的嗓音,在与男孩说话。十分钟后,等他走到门外时,只见卷烟留下的淡淡轻烟,飘过他屋舍粗陋的砖墙边。

他们离去后,他肯定是独自面对冬去春来,度过每个月份月光暗淡的十四个夜晚。大雪覆盖了园里的蔬菜,只露出松动的围栏。用枯枝和旧布搭成的一顶金字塔形的帐篷。这是以前春夏秋三季,那几个吉普赛人存放工具的地方。一天,他穿过干硬发脆的菜地,走进明亮空荡的帐篷,定定地站在里面。这曾是阿莉亚的花园,他经常在清晨看见她。晨雾渐渐散去,她跪在地上,从雨后潮湿柔软的土里,挖出蜗牛和烂叶。她仿佛整夜都在那儿,一直保持那个虔诚的祈祷姿势,等待夜幕拉起,等待白雾消散,直到吕西安看见披着绿围巾的她。

终其一生,经过这么多变迁和逃避,他依旧是吕西安·塞古拉。他体会到自己更留恋童年的时光,而不愿担当父亲一角。不管怎样,他不是个专制的男人。但在此地,隆冬的暴风雪中,他躲在这顶单薄的金字塔帐篷里,植物的球茎和种子被掩盖在冰雪下,等待来年重新焕发生机。他发觉自己耗尽了生命。在这间属于阿莉亚的保护所里,他站了良久,然后踱回屋舍。沿路只有他一人的足迹。连孔雀也没了踪影,它们温暖的三个脚趾本会踩出雪下的盎然绿意。

树林里，湖水闪闪发光。吕西安费劲地穿上羊毛开衫，走进幽暗的橡树林。没有男孩的生活，对他而言，毫不真实。必不可少的拉斐尔。他们曾谨慎分享彼此的经历。他拾起人生中的一些片段，讲给男孩听，几乎把他视为自己的养子。作为交换，拉斐尔向他描述自己和母亲在帕莱桑斯附近见到的日蚀，那可怕、比黑暗更可怕的大风。吕西安此刻想要的正是一场风暴。

在年轻时观赏过的所有名画中，这么多年来令他记忆犹新的是伊利亚·列宾的《可怕的伊凡和他的儿子伊凡》。老暴君抱着被自己打中头部而意外身亡的儿子——眼睛里燃烧着父亲的权威，四周是无尽的黑暗。一星期后，在另一座城市，发生了另一场噩梦。彼得大帝严刑拷问图谋不轨的儿子，他对这个年轻人的罪行深信不疑。

他永远不会知道自己的孩子长成什么样子，不知道自己是抚育了他们，还是伤害了他们。在加利福尼亚长长的山谷里，一个女孩搭上南下的商用冷藏卡车，出于恐惧或勇敢，一言不发，聆听那个善良的陌生人说的每个字。露茜特在巴黎与情人共饮艾酒。男孩拉斐尔遇到了我，一个来自新大陆的女子……库珀呢？克莱尔呢？这些孩子们，会在他们最后落脚的城市，成为自己生命的主人公吗？

最近，一本专著里讲到父亲缺失的论题，读后令我久久难忘。"夜幕降临时，我期盼有人到来，是个男人，为什么不是我的父亲。他会站在门前，或通向森林的小径上，穿着平常的那件白衬衣，破旧褴褛，沾着泥和血。他不会为了留住什么而启齿，但知道，我也不会。"[1]

哦，这位老人需要的是一支摇篮曲，不是一场风暴。

他走出树林的密荫，穿过草坪，来到水边，站在最古老的那条船边。他记得，这是他到德缪第一个早晨在草地上找到的，起初以为是一头动物的躯干残骸。它陷在泥里，一个松松的绳结把它绑在树上。拉斐尔经常在夜里到湖上划船，没有缘由，只为自己旺盛的精力感到自豪。

吕西安把船推出泥沼，跟着它大步跨过浑浊的湖水，踏进船。他转过身，背向遥远的湖岸，向那儿摇桨划去。他用这种方式，望着自己住的房子在视线中渐渐远去。湖水拍打船板，他觉得自己像驾着一具漂浮的骨骸。黄昏的脚步不断加快，薄暮中小屋仍依稀可辨。他想起身看清楚四周。就在冒出念头的这一刻，身下一块木板咔然碎裂，好像折断了身体里那块保持理智、为未来保驾护航的骨头。他的眼睛死死盯住穿透天际的最后一道亮光。鸟儿在即将拉上的夜幕下低飞过湖面，拼命贴近自己的倒影。

---

[1] 作者注：这段话征得原著作者的许可，摘自马克·特里维埃的《失落的天堂》(*Le paradis perdu/Paradise Lost*, Yves Gervaert Editeur, Bruxelles, 2001)。

译后记

读者对加拿大诗人作家迈克尔·翁达杰的印象，大多源自《英国病人》。这部小说令他蜚声文坛，加之同名电影的推波助澜，更是造成一时轰动。当有记者问他，如何衡量自己的成功时，他说，在名作家与好作家之间，自己宁愿选择后者。

翁达杰不单是小说家，他的创作涵盖小说、诗歌、自传回忆录，他也担任文学编辑，与妻子、同为小说家兼学者的琳达·史伯丁合办了一本名为《砖》的文学杂志。此外，他还涉猎电影，拍摄过纪录片，从事电影剪辑工作。二〇〇二年，他写了一本有关电影的书《对话：瓦特·穆奇与电影剪辑艺术》，获得美国电影剪辑师公会的特别赞誉。

翁达杰并不是高产的作家，自一九七六年推出第一部小说《劫后余生》以来，每两部小说之间总是相隔数年。《遥望》是他的第五本小说，二〇〇七年出版，距离上一本《菩萨凝视的岛屿》时隔七年。翁达杰曾在加州北部的斯坦福大学教过一个学期的课。在采访中，他告诉记者，自己当时住在旧金山北面一个朋友的农场，听闻一则马儿发狂的故事，触动了创作《遥望》的灵感。事实上，一个女子在马厩被马踢伤，是他写下的第一幕场景。可是，随着故事的累积展开，写到法国部分时，连翁达杰自己都觉得："我的老天，这是什么？是另一本书，还是同一本？"

翁达杰不是一个叙述者，而是一个用故事编织意境与情绪的诗人。《遥望》也许是他写得最像诗歌的一部小说。两个（也可以理解为三组人的故事）几乎不相关的故事，缠绕在一条若隐若现的时空链上。过去与现在，加州北部与法国乡村，像万花筒里的碎片，彼此映照，像空谷里的回声，余音不绝于耳。翁达杰说，发生在年轻的安娜、克莱尔和库珀身上的故事，没有结束，唯一把它写完的方式，是构想另一个故事。

在《遥望》里，既有讲述成长与爱情的青春物语，"安娜、克莱尔和库珀"，残酷浪漫，令人心碎，又有宛若出自惊悚小说的"红与黑"，紧张跌宕，扣人心弦。传统精彩的叙事，松散地组合在一起，挑战我们惯常对小说某些既定的期待。跳跃的不只是人物、情节，还有每个章节的风格与氛围。它像极了一幅抽象表现主义的绘画，纷乱的线条与色块，给人强烈的情感冲击，形成一种难以用文字来描述的沟通，因而也很容易让人陷入失望、不屑一顾，继而把它贬成不知所云。因此，阅读《遥望》需要的不仅是耐心，还要有一点开放的包容，接纳这种有点叛逆而与众不同的小说形式。

初次尝试文学翻译，有幸成为《遥望》的译者，要非常感谢本书策划编辑彭伦先生。他不仅给予我这个新手莫大的信任，而且逐字逐句修改我最初的试译稿，让我从中领悟到很多翻译技术层面的心得。另外，两位美国朋友，Cordell Green 老先生与 Mark Kovacs 先生，不厌其烦地为我解答小说里的疑难词句，与我一起讨论、查找资料，给了我很大帮助。

翻译《遥望》的过程，对我而言，也是一次奇妙的际遇。小说三分之二的故事设置在加州北部，那是六年来我一直居住的地方。书中许多熟悉的地名，打开我脑中一个个记忆的匣子。旧金山街头的咖啡馆，加州中部广袤的大平原，葱葱郁郁的内华达山脉，淘金留下的荒凉鬼镇，碧蓝澄澈的塔霍湖，辉煌喧哗的赌场，森严铁栅后的筹码兑换处……一幕幕如同电影画面，有时，我走入其中，为他们的故事魂萦梦牵，有时，安娜、克莱尔或库珀，走出来，让我觉得他们无处不在。

张芸

二〇〇九年十月